「あぁんっ、あっ、やぁ、なにか、きちゃう、あんん……っ……」
「達していいよ」
ジュプジュプと愛芽を肉厚の舌で
捏ね回され、極限まで達した快感が弾ける。
びくんと腰を跳ね上げた
アンネマリーの体は、頂点に昇りつめた。
JN053888

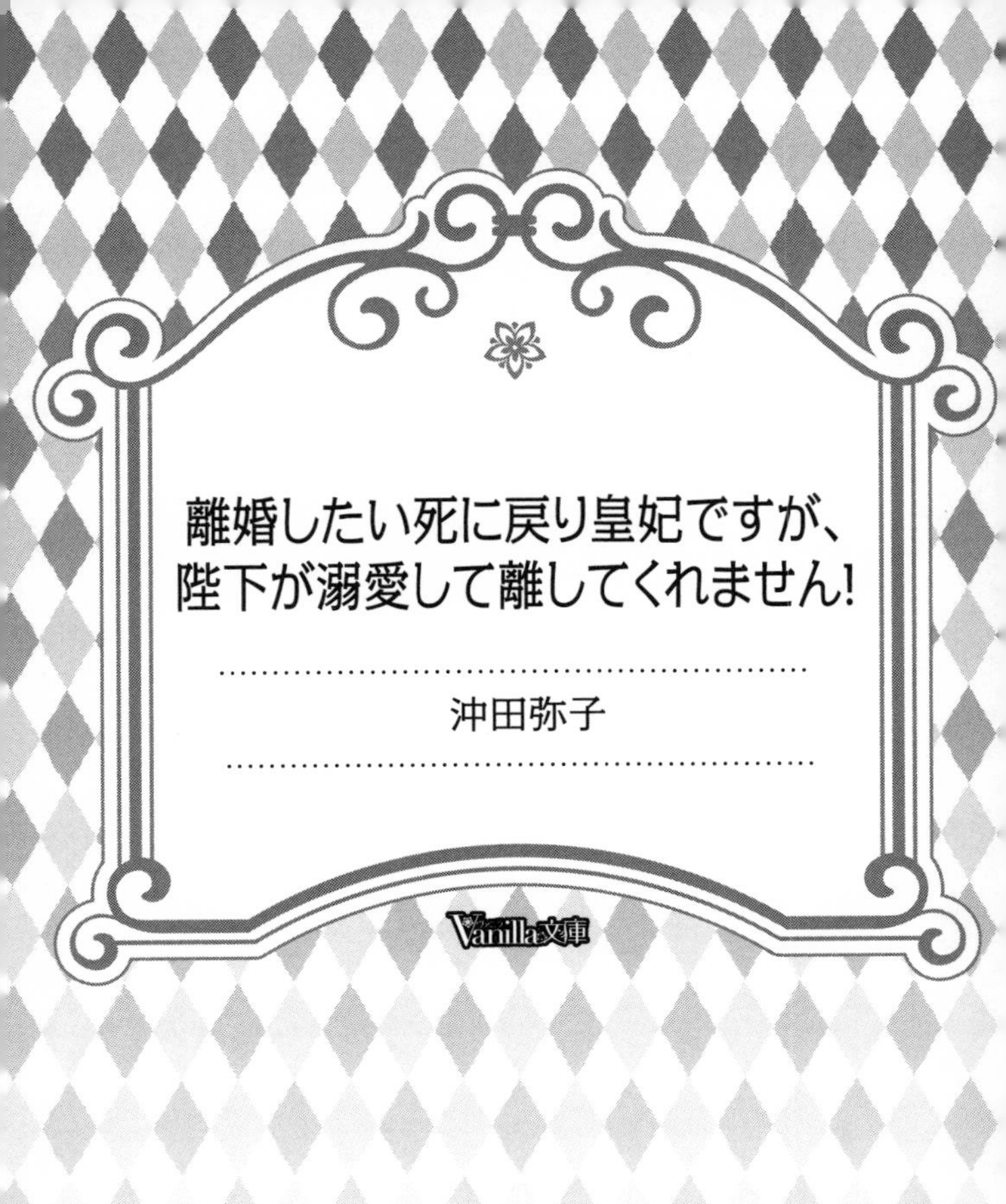

離婚したい死に戻り皇妃ですが、陛下が溺愛して離してくれません!

沖田弥子

Vanilla文庫

Contents

イラスト／木ノ下きの

序章　毒殺された皇妃

皇妃アンネマリーの手から、ティーカップが滑り落ちた。

床に落下したカップは粉々に砕け散る。精緻に描かれた薔薇の模様も、儚く散った。

まるでアンネマリーの命のように——。

ぶるぶると手が震える。喉は焼けつくように熱かった。

「ううっ……」

誰か、と呼ぶ声は舌が痺れて絞り出せない。体中に毒が回っていた。立ち上がろうとしたアンネマリーは、椅子から転げ落ちる。

たった今、飲んだばかりのブルーティーに、毒が混入されていたのだ。

貴重なお茶とされているブルーティーは、〝親愛なる者〟からの差し入れだった。

きっと皇妃であるにもかかわらず、冷遇されているアンネマリーを憂えた人からの贈り物だと思ったのに、まさか、毒入りだなんて。

わたし、ここで死ぬの……？

床にくずおれたアンネマリーは手足を痙攣させながら、わずかに残された人生の時間で考えた。

それは絶望の時だった。

皇妃にならなければ、暗殺されることはなかったのに。

皇帝であるジークハルトに見初められなければよかったのだ。姉が皇帝の婚約者になるはずだったのに、アンネマリーがその座を奪ったようになってしまった。しかも皇妃として暮らした二年間は楽しいことなどなにもなく、夫とも冷めた関係だった。

お飾りの皇妃——それが、アンネマリーにつけられた愛称。

だけど、臣民から嘲笑されても、皇帝から冷たくされても耐えてきた。それなのに、こんな結末を迎えてしまうなんて。

「い、いや……」

意識が朦朧とする。視界が暗闇に閉ざされてきた。

アンネマリーは人生に終止符を打つことから必死に抗う。

嫌よ。このまま終わりたくない。どこで歯車が狂ってしまったの？

わたしの人生を、やり直したい——！

そう強く思った瞬間、アンネマリーの意識はふつりと途切れた。

一章　転生した大公女

ふいに意識が浮上する。

ゆっくり瞼を押し上げると、白亜のラウンドテーブルが目に入った。

そこには飲みかけの紅茶が置いてある。

ぎくりとしたアンネマリーは、ソファから身を起こした。

小花柄のティーカップは、ベルンハルト大公家にいた頃に使っていたものだ。そっとカップに触れると、飴色の紅茶はすでに冷めていた。

「どういうこと……？　あのブルーティーとは違うわ……」

毒入りのブルーティーは鮮やかな青色だった。それにティーカップは薔薇模様で、それはすでに割れたはずだ。

首を捻（ひね）ったアンネマリーは部屋を見回し、目を瞬（またた）かせた。

ローズピンクの壁紙に、白木造りの調度品。ここはアンネマリーの実家であるベルンハルト大公家の自室だ。

ジークハルト二世の皇妃となり、宮殿に住んでいたはずなのに、いつの間にか実家に戻ってきている。

「あら……？　いつ大公家に来たのかしら？」

宮殿の自室で、毒を飲んで倒れたはずなのに。

それからの記憶がいっさいない。

窓を見やると、茜色の空に太陽の残滓が煌めいていた。夕暮れの時刻なのだ。

ブルーティーを飲んだのは、午前のお茶の時間である。日が暮れるまでずっとソファでうたた寝していたのだろうか。それにしても侍女が起こさないのもおかしい。

自分の身になにが起こったのか。

焦燥を感じたアンネマリーは咄嗟に自らのてのひらを見つめた。

あれほど毒に痺れていた手は、なんともなかった。焼けつくような喉の痛みも、すっかり収まっている。体にはどこも異常がない。

「夢だったのかしら……」

夫であるジークハルトとの関係が冷え切っているので、憂鬱になるあまり、毒殺されてしまう夢を見たのだろうか。それにしては、妙にリアルな感覚だったが。

再び首を捻っていると、扉をノックする音が響いた。

「お入りなさい」

反射的に返事をする。

入室してきたのは、ベルンハルト大公家の侍女である。アンネマリーが生まれたときから勤めている彼女とは気心が知れていた。

「お嬢様、紅茶をお下げいたします」

「え、ええ……」

もう皇妃なのに、『お嬢様』と昔のように呼ばれるのは違和感があった。

侍女はティーカップを下げながら、穏やかに言う。

「いよいよ明日は結婚式ですね。お嬢様の花嫁姿を楽しみにしております」

「えっ？　誰の結婚式ですって？」

「ジークハルト皇帝陛下と、アンネマリーお嬢様の結婚式ですが……？」

きょとんとした顔で告げる侍女の言葉に、アンネマリーは翡翠色の目をぱちぱちと瞬かせる。

彼女はなにを言っているのだろう。

アンネマリーが皇帝のジークハルトと結婚したのは、二年前のことだ。

ただ、あまりいい思い出にはならなかったけれど……。

姉のイルザから嫌がらせされて、結婚式で着る花嫁のドレスを引き裂かれたのだ。おかげでお針子が急遽、結婚式の直前にドレスを繕うことになったけれど間に合わず、ところどころが千切れたドレス姿で式に臨むはめになってしまった。

招待された賓客は無様な花嫁に眉をひそめていたし、イルザは楽しそうに笑っていた。花婿のジークハルトも、憮然としていたように見えた。

二年前のことを思い出したアンネマリーは、悄然として溜息をつく。

思えば、あのときからジークハルトは冷たかった気がする。

結婚式に千切れたドレスで現れる花嫁に、皇妃の資格があるなんて思う人はいないだろう。


過去をやり直せたらいいのに――。

あのときから身辺に気をつけていたら、毒殺される最期には至らなかったのではないか。もしかしたらジークハルトとも円満な夫婦でいられたかもしれない。

「ううん。そもそも、彼と結婚しなければよかったんだわ……」

後悔に身を浸したアンネマリーは、ふと気づいた。

明日が結婚式ということは、まさか……。

はっとしたアンネマリーはソファから立ち上がる。

「お嬢様、どうしました?」

不思議そうに訊ねる侍女の声を背にして、部屋を出た。

向かった先は自室の近くにある、衣装部屋である。

そこには花嫁のドレスを保管している。

わたしのドレスを、守らなくては……！

バタン、と扉を開けると、驚いた顔をしたイルザが振り向いた。彼女は果物用のナイフを手にしていた。

「お姉様、なにをしてらしたの？」

咄嗟に声をかけると、イルザは気まずそうに顔をしかめた。

花嫁のドレスは無事だ。まさに今、イルザがドレスを切り裂こうとしているところだったのだ。

「なんでもないわ。ドレスを見ていただけよ」

「そうかしら？　だったらどうして果物ナイフを持っているの？」

指摘されたイルザは答えが見つからないのか、激高して叫ぶ。

「アンネマリーが悪いのよ！　わたしが皇妃になるはずだったのに、それを横取りして！」

まるで泥棒のように言われるのは心外だが、イルザはそのように感じているのだろう。

神聖エーデル帝国のラインフェルデン皇家は、傍族であるベルンハルト大公家の長女イルザを、皇太子ジークハルトの婚約者にしようとした。

イルザはアンネマリーより三歳年上で、ジークハルトより二歳年下だ。

二歳違いなので、年齢的に合うだろうと周囲の大人たちは考えた。ふたりがお見合いをしたのは、ジークハルトが二十歳のときである。

ところがお見合いの席で、ジークハルトは妹のアンネマリーを婚約者に指名した。

『私は、アンネマリーと結婚したい。——アンネマリー、私の婚約者になってくれるだろうか』

当時のアンネマリーは十五歳だった。わけもわからず頷いたことを覚えている。

ジークハルトが恭しく手を取ったことにより、アンネマリーは未来の皇妃を約束される。

当然イルザは不満で、お見合いの席では黙っていたものの、家へ戻ってきた途端に文句を垂れた。

両親はイルザとの婚約をジークハルトにやんわりと勧めたが、彼の意志は固く、覆ることはなかった。

妹が先に結婚しては姉が嫁ぎ遅れる懸念があるため、アンネマリーがジークハルトの婚約者となって五年の間、両親は様々な貴族との縁談をイルザに勧めた。

だが、イルザはどれも断った。

ジークハルトの皇妃になっても殺される運命なのだから、アンネマリーは姉の身代わりになったようなものである。

だが今のイルザにそれを言っても仕方ないので、ひとまずアンネマリーは姉を宥める。

「お姉様なら、ほかの国の皇妃や王妃になれるわ。ベルンハルト大公家の長女ですもの」

「そうだけど……そうじゃないのよ！　アンネマリーが悪いって言ってるの！」

イルザは悔しげに顔を歪（ゆが）める。彼女の握りしめたナイフの切っ先がドレスに向けられ、怒りにぶるぶると震えた。

そのとき、衣装部屋に母の大きな声が届く。

「まあまあ、あなたたち、なにをしているの？」

母は大仰な仕草で部屋に入ってきた。

それを見た姉は、さっとナイフを母から見えないように隠し、部屋を出ていく。母の後ろには気まずそうな顔をした侍女がいた。

きっと衣装部屋でのイルザの罵声を耳にして、母を呼んでくれたのだ。イルザのヒステリーはいつものことなので、屋敷の者は姉の性質を知っている。

ふう、とアンネマリーは息を吐いた。

花嫁のドレスを引き裂かれるのは、防げたようだ。

「なんでもないわ、お母様。お姉様は私のほうが先に結婚するのが悔しいみたいなの」

「まあ……困ったものね。でも陛下があなたを指名して譲らないのだから、仕方ないわ。イルザはほかの殿方に嫁がせないと」

「ええ、そうね」

アンネマリーは如才なく答えると、母に笑みを見せた。

父と母はイルザを溺愛しているわけではないが、ヒステリー性質により手がかかるので、両親の意識は姉に向いている。アンネマリーが皇帝と結婚して皇妃になるというのに、さほどそのことには触れなかった。

アンネマリーとしても、両親からの愛情を期待していなかった。

それよりは、ジークハルトと結婚して、彼と温かい家庭を築いていこうと思っていた。

花嫁のドレスを自室に運ぶよう侍女に指示を出したアンネマリーは、部屋に戻る。

ソファに座り、侍女が運んできた純白のドレスを見て、ふと気づいた。

「あら……？　この状況って、二年前のことよね？」

あれから結局、イルザは外国の画家と駆け落ちして結婚した。あれほど皇妃の座を失ったことを悔しがっていたのに、どうなるかわからないものである。平民と結婚したので父の怒りを買い、姉は大公家から勘当されている。

それなのに、イルザが大公家にいるということは、彼女は未婚の状態だ。アンネマリーが結婚したのは二年前なのに、誰もがこの状況に疑問を感じていない。

まるで、二年前に戻ったかのようだ。

「まさか……過去に戻ってきたというの？」

毒を盛られて倒れたとき、アンネマリーは人生をやり直したいと強く願った。

その願いが天に届いたというのか。

信じられない思いで、手鏡を覗いてみる。

鏡には、アッシュローズの髪と、翡翠色の瞳をしたいつもの自分が映っていた。

だけど顔つきはどこか無垢で、希望が浮かんでいる。

皇妃になってからの二年はつらいことの連続で、アンネマリーの顔つきはどんどん暗くなっていったから、違いがよくわかる。

ぽとりと手鏡を取り落としたアンネマリーは驚愕した。

「本当に……過去に戻ってきたの？　わたしは一度死んで、転生したということなのかしら？」

はっとしたアンネマリーは、花嫁のドレスに目を向けた。

そこにはトルソーに飾られた純白のドレスが、きらきらと輝いている。

転生前は、衣装部屋でイルザの凶行を止めることはなかった。ドレスが引き裂かれているると気づいたのが、翌朝だったからだ。

だけど転生したアンネマリーはなにが起こるのかをすでに知っていたので、未然に防ぐことができた。

悲惨な過去を、変えられる。

もう二度と、過ちを繰り返さなくて済む。

つまり皇妃にならなければ、暗殺されずに穏やかな人生を送ることができる。

「ジークハルトと、結婚しなければいいんだわ。そうすれば、わたしは殺されないはず……！」

できれば彼に見初められるところからやり直せたらよかったのだが、現在は結婚前夜である。

明日、ジークハルトと結婚してはならない。

そうすれば悲惨な末路を回避できる。

転生した今、それが可能なのだ。

奮起したアンネマリーは、ぎゅっと手を握りしめた。

新たな皇妃のためのウェディングドレスは、眩(まばゆ)い輝きを放っていた。


翌朝、両親への挨拶を終えたアンネマリーは、馬車に乗って大聖堂へ向かった。

前世では、荷物を運ぶときにドレスの惨状に気づいた侍女が悲鳴を上げたものだった。

父が侍女を叱責し、母はうろたえるばかり。アンネマリーがお針子を手配している傍らで、イルザは楽しげに笑っていた。

だが今回は、未然にイルザの凶行を防げたので、騒ぎは起きなかった。

「やっぱり、過去を変えられるんだわ。それはわたしの行動次第なのね……」

確信したアンネマリーは決意を込めて車窓を見やる。

そこには穏やかな街並みが広がっていた。

石造りの家々は整然と建ち並び、人々は清潔な服に身を包んで、幸せそうに顔を綻ばせている。

神聖エーデル帝国は肥沃な大地と豊富な鉱山資源を持っているので、臣民は豊かに暮らしていた。さらに代々の皇帝は戦争を避け、近隣諸国と友好な関係を築いている。臣民からの皇族への信頼は厚く、暴動などはしばらく起きていない。

先帝が崩御し、ジークハルトが皇帝に即位してからも平和な治世は続いていた。

なにひとつ綻びなどないはずだった。

だから、まさか皇妃であるアンネマリーが暗殺されるなんて夢にも思わなかったのだ。

「だけど、あれはもうなかったことになるんだわ。わたしは新しい未来を作っていけるのだから」

未来への希望に満ち溢れたアンネマリーは、微笑みを浮かべる。

やがて馬車は、結婚式が行われる大聖堂へ辿り着いた。

皇帝と大公女の結婚なので、国の内外から大勢の賓客を招いている。失敗したら帝国の信頼が揺らいでしまいかねない。

引き裂かれたドレスを縫い合わせただけの、惨めな姿で結婚式に臨んでしまった前世を思い出し、唇を噛みしめる。ジークハルトも呆れていたように思う。

でも、今回はそんなことにはならないわ――。

馬車を降りたアンネマリーは壮麗な大聖堂を見上げた。

花嫁の控え室に入り、侍女の手を借りてウェディングドレスに着替える。

昨日から自室で保管していたドレスは無事なので、お針子を呼んで縫い合わせることはしなくてもよかった。

純白のウェディングドレスは艶やかな光沢を放っている。清廉さを表すため、首元はハイネックになっていて、袖は手首まであるデザインだ。すべて繊細なレースに覆われているため、軽やかに見える。腰からは、華やかなカットレースのロングトレーンが広がっている。

皇妃となる花嫁にふさわしく、華麗かつ慎ましい装いである。

ドレスを着たアンネマリーは鏡台の前に座った。

侍女たちが髪を結い上げ、化粧を施す。

前世では支度の最中に、ジークハルトが控え室を訪ねてきた。

花嫁衣装にトラブルが起こったと聞いたからだ。彼が入室してきたときは、大勢のお針子たちがドレスを補修していたのだった。

だが今回は、なにもトラブルが起きていない。

彼は訪問しないだろうか。

結婚前の花嫁の控え室を新郎が訪ねることは、一般的にはない。

だけど、ジークハルトになんとしても言わなければならないことがあるので、アンネマリーは彼の訪れを待っていた。

どきどきと鼓動が鳴り響く。

そうしているうちに、支度が終わってしまった。

薄いベールを被ったアンネマリーは焦り出す。

ジークハルトは来なかった……。花嫁のドレスになにも起こらなかったからだわ……。

悲惨な未来は変えられる。

だが、アンネマリーが前世とは違った行動を起こすと、それに影響を受けた周りの人たちも少しずつ行動が変わってしまうのだ。それが大きな結果となって現れてしまうかもしれない。

鏡の中の麗しい花嫁となった自分を見て、アンネマリーは唇を引き結ぶ。

それでいいのだわ。わたしは、毒殺された前世を変えるのだから。

そのためには結婚式の前に、ジークハルトに言っておかなければならないことがある。

機会はもう、式が行われる直前しかない。

侍女に手を取られて席から立ち上がったアンネマリーは、大聖堂へ向かう。ロングトレーンと、それより長いベールを侍女たちが後ろで持ち上げているので、しずしずと歩を進めた。

やがて大聖堂の入り口に辿り着く。

重厚な扉の前では、雄壮な軍服をまとったジークハルトが待っていた。

ジークハルト・フォン・ラインフェルデン――。

神聖エーデル帝国の君主である彼は、威風堂々とした佇まいで、端麗な顔に微笑を浮かべている。

「アンネマリー……素晴らしい美しさだ。あなたを妻にできることを、私は誇りに思う」

甘さの含んだ低い声でそう告げたジークハルトは、恭しくてのひらを差し出した。

さらりとした金髪を儀式用に整え、優しい色をしたアンバーの双眸(そうぼう)は愛しげに細められている。まっすぐの鼻梁に、薄いけれど形のよい唇。シャープな顎(あご)のラインは雄の勇猛さを感じさせた。

さらに眉と目の間は狭く、しっかりした人柄を表している。瞳は曇りなく、煌めいていた。唇は緩やかに弧を描いている。美しいだけでなく、人相もよいジークハルトは稀代の美男子だ。

堂々とした体躯を濃紺の軍服に包み、背をまっすぐに伸ばした立ち姿は神々しい。

聡明で思慮深い皇帝と名高いジークハルトと結婚できるなんて、世界で一番幸せだろう。

彼から婚約者に指名されたときは、とても驚いたものだ。

だが、アンネマリーは差し出された頼もしい手を取ることはしなかった。

ぎゅっと両手でブーケを握りしめる。

決意を込めて、ジークハルトの麗しい相貌をまっすぐに見た。

「わたしは……あなたと結婚できません！」

時が止まった気がした。

周りの誰もが静止している。

ジークハルトが長い睫毛（まつげ）を瞬かせた。侍女たちは顔を見合わせ、侍従が慌てて開きかけていた扉を閉める。

扉の向こうには賓客たちがいて、式の始まりを待っている。今すぐに花嫁が皇帝の手を取り、結婚式が行われるはずだった。

それを、アンネマリーは覆したのである。

困惑の色を見せたジークハルトだが、彼は差し出した手を引かない。

「待ちたまえ。急になにを言い出すのだ？」

「急に……というか、前から考えていたの」

「しかし、昨日のあなたに変わった様子はなかった。悩んでいるようでもなかったし、結婚式を楽しみにしていると言ったではないか」

今度はアンネマリーが目を瞬かせる。

そういえば結婚式の前日に、ジークハルトがベルンハルト家を訪れて、挨拶したのだった。和やかに済んだためか、話した内容は忘れてしまっていた。

「そ、そうだったわね。あのときは……悩んでいることを隠していたの」

まさか、あのときは転生前だったからとは言えない。

そんな話をジークハルトは信じないだろう。彼だけでなく、誰も信じられないに違いない。アンネマリーだって、未だに夢なのではと思うくらいだ。

だけど、前世に盛られた毒の苛烈な痛みが身に染みていた。そして手元に目を落とすと、ブーケの楚々とした白薔薇が美しく目に映る。

毒を盛られたアンネマリーは、やはり死んだのかもしれない。だけど転生したからには、このチャンスを逃してはならない。

アンネマリーの辿々しい言い分に、ジークハルトは眉をひそめる。

「ふむ。それで、結婚式を挙げられないと？」

「ええ、そうなの。直前になってしまってごめんなさい。もう少し早く言えたらよかったのだけど、こちらにも事情が……ううん、わたしの気持ちが固まっていなかったから」

転生したことを言えずに繕おうとするので、ぎこちない言い訳になってしまう。それゆえ彼が納得した様子はなかった。

いっそう眉間の皺を深めたジークハルトは、優雅にてのひらをかざす。

「少し話をしよう。こちらへ」

別室へ移動しようとする皇帝へ、慌てた侍従が声をかける。

「陛下！　そろそろ式が始まる時間です。皆様がお待ちかねですが……」

すでに大聖堂では、各国から招待した王族や、国内の貴族たちが結婚式の始まりを待っている。時刻はすでに皇帝と花嫁が入場している頃なのだ。

だがジークハルトはうろたえる侍従を冷静に諭した。

「待たせておけ。今はアンネマリーの話を聞くのが先だ」

彼がそう言うと、侍従や侍女たちは動揺を消し去り、深く腰を折る。

ジークハルトは帝国の皇帝なのだ。彼がすべてのルールを決めるのである。

だが、賓客よりアンネマリーを優先してくれるジークハルトに違和感を覚える。

彼がわたしを一番に考えてくれたことなんて、あったかしら？

いつだってジークハルトは、帝国のことをもっとも優先させていたはず。

だけど今は前世とは異なる状況なので、たまたまかもしれない。

そう考えたアンネマリーは、ジークハルトとともに控え室に入る。ロングトレーンのドレスを支えていた侍女に、彼は軽く手を振る。心得た侍女は入室を控え、扉を閉めた。

部屋にはふたりきりになる。

ジークハルトは優美な所作で長椅子を指し示した。

「かけたまえ」

ジークハルトは立ち話で済ませるつもりがないらしい。

彼を説得しなければ、結婚式を取りやめることはできないだろう。

ロングトレーンのドレスと、それよりも長いベールを着けているため、慎重に腰を下ろす。ベールを踏まないよう、長い脚を繰り出して回り込んだジークハルトは、アンネマリーの隣に座った。

彼は真剣な表情をして、こちらに体を向ける。

「なにかあったのか？　あなたがそんなことを言うからには、きっとなんらかの事情があるのだろう。私には包み隠さず話してほしい」

アンバーの真摯な双眸は誠実さを湛えている。

だけど、真実を話すことはできない。『皇妃になったら毒殺されるから』などと言えば、ただの妄想だと一蹴されるだけだろう。皇妃という地位をけなしていると思われるかもしれない。

なんとかして、彼を納得させなければならない。

アンネマリーは意を決して、嘘を貫くことにした。

「実は……ほかに好きな人がいるの」

「誰だ？」

「それは言えないわ」

ジークハルトは、つと小首を傾げる。彼の目には疑念が浮かんでいた。すでに嘘だとバレていそうである。

「アンネマリー。皇族のあなたとは、私たちが子どもの頃から家族ぐるみの付き合いをしている。そうだね？」

「ええ、そうね」

「私が七歳のとき、二歳のあなたと初めて会った。そのときに私は、この人と結婚するのだという運命を感じたのだ」

「ええ……姉とのお見合いのときも、そう言っていたわね」

周りの大人たちはイルザを推すのに、彼は姉に見向きもせず、『私の花嫁になる人は、アンネマリーしかいない』と力強く宣言したのを覚えている。

ジークハルトの花嫁になるのは自分だなんて露ほども思っていなかったので、アンネマリーとしては青天の霹靂(へきれき)だった。優しい彼に好感は持っていたけれど、いずれ皇帝になる人なので、雲の上の存在と思っていたのだ。

もちろん幼いときに彼と遊んでもらったことはあるが、結婚の約束をしたことなどない。

きっとジークハルトは、イルザの癇癪を知っていて、皇妃にするべきではないと判断したのではないだろうか。アンネマリーはそう考えていた。

「あのときは驚かせてすまなかった。あなたに告白する勇気がなかったので、あのような形で婚約者にと望んだのだ」

「そうだったのね。ということは、わたしをずっと、好きだったの……？」

「ずっと好きだった。あなたの心優しく、思いやりのあるところ、そして笑ったときの純真な笑顔が好きなのだ。私の妻になる人は、あなたしかいない」

ジークハルトは優しい笑みを浮かべた。そこには、結婚式を行うために繕おうという意図は感じられなかった。ずっと好きだった幼馴染みと、ようやく結婚できる喜びが含まれていた。

彼はそんなにわたしのことが好きだったのね……。

前世のジークハルトは冷酷で、皇妃になったアンネマリーを顧みることはなかったので、こんなに真剣に告白されるなんて、とても驚く。

もっとも、前世ではこんな話はしなかったし、彼の本心を聞く機会もなかったわけなのだけれど。

「周りはイルザを婚約者にしたがっていたわ。でも、あなたがイルザを気に入らなかったから、わたしを指名したのではなくて？」

「いいや。そうではない。私は初めからアンネマリーと結婚するつもりでいた。イルザには親戚という以外の感情を持っていない」

きっぱりと、ジークハルトは言い切った。

彼がそういうつもりだったのを初めて聞いたアンネマリーは目を見開く。

ジークハルトは言葉を継いだ。

「私たちが婚約してから今日を迎えるまで、五年が経った。あなたは二十歳になり、大人の女性として美しく成長した」

「ええ。ジークハルトはいつもわたしに手紙やプレゼントをくれたわね」

婚約している間、ジークハルトは丁寧な字で綴られた手紙と、薔薇の花束やドレスなどの贈り物を頻繁にくれた。時々ベルンハルト家を訪れて、アンネマリーとお茶することもあった。ジークハルトが即位して皇帝になったときは、彼が多忙で会えないこともあり、寂しい思いをしたものだ。そんなときでも彼は宮廷から従者を遣わせて、手紙や花を届けてくれたので、心の支えになっていた。

「婚約していた五年の間、いや、それよりもっと前から私はあなたを見ていたが、ほかの男の影は見えなかった。あなたが私との結婚に気乗りしないなら、態度に表れていただろうと思うが、それもない。それなのに、ほかに好きな人がいるという理由はいかにも取ってつけたように感じるのだが、どうだろうか」

「それは、その……」

聡明なジークハルトには、ほぼ悟られている。

彼のまっすぐな視線に耐え切れず、アンネマリーはそっと目を逸らした。

それが嘘だと証明しているようになってしまい、気まずくなる。

だけどジークハルトは、あえて指摘しなかった。

「あなたを追及しようというわけではない。ただ私は、結婚できないと言うアンネマリーの気持ちを知りたいだけなのだ」

アンネマリーは困り果てた。

ジークハルトが怒り出したなら、喧嘩になって破談するという可能性も見出せるのに、どこまでも彼は穏やかに優しく話す。

やはり、結婚式の直前で取りやめにするのは難しいだろう。賓客を招いていることだし、式が中止になったら国家の尊厳にかかわる。結婚式の直前に破談になった皇帝として、ジークハルトは歴史に汚名を残してしまうかもしれない。

こうなったら、結婚式だけは終わらせて、のちほど離婚に持っていくしかない。

そう考えたアンネマリーは、真剣な顔をしているジークハルトに笑みを見せた。

「わかったわ。離婚を前提にして、結婚しましょう」

名案だと思ったのに、ジークハルトは瞠目している。

「なぜそんなことを？　私はあなたの気持ちを知りたいのだが、それは教えてはくれないのだろうか」

「あっ……今は言えないの。時が来たら、打ち明けるわね」

おそらく彼に話すときは来ないと思うが、そう言わなければジークハルトは納得しないだろう。

眉をひそめつつも、ジークハルトは確認した。

「その離婚を前提にして結婚するというのは、あくまでも仮にということだね？」

「ええと……仮にというと？」

「あくまでも予定であるということだ。あなたと私が円満な夫婦として暮らせたなら、離婚はしなくてもよいわけだろう」

円満な夫婦になんてなれないだろう。

アンネマリーは前世を思い出して、そっと目を伏せた。

だけど今は、二年後の毒殺を避けることが目的である。そのためには、ひとまず皇妃になって、すぐに離婚すればいい。どうせジークハルトとは不仲になるのだから、それを理由にすればよいのだ。

そうよ。もっと早く離婚していればよかったんだわ……。

離婚していればきっと、あんなに寂しい思いはしなくて済んだかもしれない。

アンネマリーはぎこちなく頷いた。

「ええ、そうね。あくまでも予定だわ。未来はこれから作られるんだもの」

毒殺の結末を絶対に回避するのだ。

そうして皇妃でもなく大公女でもなくなったら、好きなように生きよう。

希望に満ち溢れたアンネマリーは潑剌（はつらつ）とした笑顔を見せる。

そんな彼女をじっと見つめながら、ジークハルトはゆっくりと言った。

「そうだとも。未来はこれから作られる。私はあなたを必ず幸せにする。私たちが離婚するべきかどうか、私が約束を守ったか、それを未来のあなたが判断してほしい」

どきん、とアンネマリーの胸が弾む。

美しいアンバーの瞳は、ひたむきな色を湛えていた。

彼はこんなに格好良かっただろうか。こんな目でアンネマリーを見たことがあったろうか。

それに、前世のジークハルトはこのような台詞（せりふ）を言ったことがなかった。

考えてみれば当然で、前世とはすでに違った未来になっているのだ。

だけど記憶の中のジークハルトはいつも忙しそうにしていて、皇妃であるアンネマリーを顧みることはなかった。そんな彼を冷たい人だと思っていたのだ。

それゆえ夫婦の会話がなかったので、ジークハルトと話し合いが初めてできたことに新鮮な思いがした。

でもきっと、結婚したら前世と同じ展開になるわよね……。

ひとまず結婚してから離婚して、毒殺を回避するという未来をアンネマリーは選んだ。

離婚さえすれば、悲惨な末路にはならないはず。

ブーケを握りしめたアンネマリーは、しっかりと頷く。

「わかったわ。よりよい未来を、わたしたちで作り上げていきましょう」

「では、私の手を取ってくれるだろうか。私の花嫁」

恭しく差し出されたてのひらは大きく、勇猛さを感じさせる。

アンネマリーは純白のウェディンググローブをはめた右手を、ジークハルトの手に重ね合わせた。

つながれたふたりの手は、未来へつながる道標となる。

控え室の扉を、ジークハルトは自ら開けた。

すると、傍に控えていた従者と侍女たちが、はっとして頭(こうべ)を垂れる。

ジークハルトは堂々と宣言した。

「大聖堂の扉を開けよ。これより、ジークハルト二世とアンネマリー大公女の結婚式を始める」

「承知いたしました」

皆は一斉に返事をした。安堵(あんど)した様子の侍女たちは、アンネマリーのベールとロングトレーンのドレスを持つ。

大聖堂の扉が開け放たれる。

眩い光と、拍手を浴びる。アンネマリーはジークハルトに手を取られ、ともに祭壇へ向かった。祭壇へ伸びる緋の絨毯(じゅうたん)は、まるで真紅の血のよう。

わたしは絶対に毒殺されないわ……。すぐに離婚するんだから！

アンネマリーは固い決意をベールの下に押し隠す。

大勢の賓客が見守る中、結婚の宣誓がされ、サインを取り交わした。

こうしてアンネマリー大公女は、神聖エーデル帝国の皇妃となった。

彼女にとって、二度目の結婚生活の始まりである。

二章　皇帝の溺愛

つつがなく、結婚式は終わった。

ジークハルト二世とアンネマリー大公女の結婚は、国中の人々に祝福された。

親戚のふたりは幼い頃から仲睦まじく、皇帝がぜひにと望んでアンネマリー大公女と結婚したのだと、美談として伝えられた。

それは前世と同じである。

結婚したばかりの頃は周囲から祝福され、ふたりは末永く幸せな夫婦になると誰もが信じて疑わなかった。

ところが結婚して間もなくすると、皇帝と皇妃はよそよそしい関係になってしまったのだ。

しかも皇帝には愛人がいて、その女性を皇妃にするという噂があった。ふたりの不仲は有名で、互いに愛人がいると宮廷内では囁かれていた。

ジークハルトに愛人がいたのか、アンネマリーは確認していない。それくらい夫がなにをしているのかわからなかったし、ふたりの間に会話がなかった。アンネマリーには愛人などいなかったが、不仲なのは確かである。

だが、今度はそうはならない。

なぜなら、皇帝と皇妃はすぐに離婚するからだ。

結婚式を終えて宮殿へ向かう馬車の中で、アンネマリーは機会をうかがっていた。

いつ離婚を切り出そうか。もう式を終えたのだから、格好はついた。今すぐに離婚してもよいはずである。

隣に座っているジークハルトは、式で着用した軍服ではなく、濃紺のジュストコールに着替えている。

アンネマリーもラベンダー色の清楚なドレスをまとっていた。

安堵の笑みを湛えたジークハルトは、穏やかな声を紡ぐ。

「無事に結婚式が終わってよかった。今日のことは私たちの一生の思い出になるだろう」

「ええ……そうね。前回は大変だったたから、ほっとしたわ」

「前回とは？」

不思議そうに目を瞬かせるジークハルトに、はっとなる。

つい、口を滑らせてしまった。

離婚を告げるタイミングをうかがっていたので、本音が零れてしまったのだ。

咄嗟にアンネマリーは笑みを形作り、誤魔化した。

「ううん、なんでもないの。別のことを考えていたから、勘違いしたわ」

困ったように眉を下げたジークハルトだが、彼の唇は弧を描いていた。

「結婚式を挙げたばかりなのに、夫である私以外のことを考えるなんて、いけないいな」

彼は強靱な腕を伸ばして、アンネマリーの顔の横に手をつく。

腕の檻に閉じ込められてしまい、どきりと心臓が跳ねた。

「な、なにをするの？」

「さて。どうしようかな」

妖艶な笑みを浮かべたジークハルトは、まるで捕らえた獲物を眺める肉食獣のような片鱗を見せる。

これまで常に紳士的に接してきた彼からは想像できない悪い男の顔だった。

端麗な相貌が迫ってきて、アンネマリーの鼓動はどきどきと早鐘のごとく鳴り響く。

それは恐れというより、期待の色を含んでいた。

どうしてこんな気持ちになるのか、自分でもよくわからないけれど。

腕の檻から抜け出そうと身を捩るが、馬車の中なので、どこにも逃げ場はなかった。

鼻先がくっつきそうなほど顔を近づけられ、アンネマリーは硬直する。

キス……される？

彼とそのような行為に及んだことはない。ジークハルトに限らず、誰とも経験がなかった。ラインフェルデン王朝の大公女たる者、親が認めた相手としか交際も結婚もできないのは当然のこととされていた。

そもそもアンネマリーには好きな人なんていない。

趣味は刺繍（ししゅう）や読書で、乗馬もできるがあまり得意ではない。夜会には結婚相手を探している貴族の男性が大勢いるが、なぜかジークハルトがずっとついてくるので、誰にも声をかけられることはなかった。

十五歳で皇太子の婚約者になったが、それは皇族同士の政略結婚である。アンネマリーは恋のひとつもしないまま結婚してしまったが、それが自分の役目なのだろうと思い、諦めていた。

だけど、恋に憧れがないわけではない。

好きな人と恋に落ちて、キスしたりして……と、密かに望んでいた。

その相手がジークハルトであったなら話は早いのだけれど、残念ながら彼とは結婚しても不仲になり、今回は離婚する予定なので、アンネマリーが彼に惚れることはない。

それなのに、今さらというべきか、なぜジークハルトはキスしようとするのか。

目を瞬かせていると、少し残念そうな顔をしたジークハルトは腕の囲いを解いた。

「私の大切な妻が怯（おび）えてしまうから、今はこのくらいにしておこうか」

「い、今は……？」

今はということは、次回があるというのか。

戸惑っていると、ジークハルトは何事もなかったかのように、席に腰を落ち着ける。

からかっているんだわ……。

彼がアンネマリーを好きになるはずがない。なにしろ、初夜ですら彼は来なかったのだから。

あのときの理由は、急な政務が入ったと聞いていた。

豪奢な寝室で朝まで待っていたアンネマリーは侍女からそれを告げられて、ひどく落胆したものだ。

今回もそうなるだろう。結婚式のあとは晩餐（ばんさん）会に参加して、それで本日の行事は終わりになる。

疲れているから、今夜は広いベッドでゆっくり休もう。

「冗談はやめてね。わたしがあなたを好きになることはないわ」

彼を好きになってはいけない。

どうせすぐに離婚するのだから、特別な感情を抱かないほうがよい。

これまでだって、ジークハルトを好きだなんて思ったことはなかった。

アンネマリーは余裕の笑みすら浮かべて言った。

するとと、ジークハルトは衝撃を受けたかのように目を見開く。

だがすぐに長い睫毛を瞬かせると、顎に指先を当てて考え込んだ。

「私を好きになることはない……。ふむ……」

結婚式を終えてすぐに言う台詞ではなかったかもしれない。

だけど離婚前提の結婚であることはすでに話してあるわけだし、ふたりはこれから不仲になるのだから問題ないはず。

そこで、ふとアンネマリーは疑問に思う。

でも、わたしは不仲になりたかったわけではないのよね……。

前世では互いに愛人がいるなどと噂され、今回はジークハルトに『好きな人がいる』と、はっきり言ってしまった。

ジークハルトのほうでも、自分とは離婚して別の男と再婚したいのだろうと思っているはずだ。

どうにもうまくいかないふたりらしい。そういう相性なのかもしれない。

そんなふうに考えていると、つとジークハルトは端正な顔をこちらに向けた。

「では、好きになってもらおうではないか」

「……えっ？」

自信たっぷりに告げられた台詞に、アンネマリーは翡翠色の目を瞬かせる。

　ジークハルトは恋について、こんなに野心家だったのだろうか。

「好きにならないと言ったでしょう？　この結婚は離婚前提なのだから、恋愛感情なんてないほうが、お互いのためだわ」

「では訊ねるが、あなたは私から離れてどうするのだ？」

「どうするって……それは、これからいろいろと考えるわ」

「これからなのか？　たとえば？」

「そうね……」

　皇妃でも大公女でもなければ、自分は何者になれるだろうか。

　身分に縛られなかったら、好きな仕事をやってみたい。花屋やパン屋になりたいと、子どもの頃は憧れていた。それとも趣味を生かしたほうがよいだろうか。

「そうだわ！　刺繍よ。わたし、刺繍屋をやりたいわ」

　刺繍したものを店に並べたり、オーダーメイドで注文を取ったりするのだ。

　誰かのために物作りができるのなら、こんなに素晴らしいことはない。

　目を輝かせるアンネマリーに、ジークハルトは頷いた。

「あなたは刺繍が得意だそうだね。しかし、仕事にするとなるとそれなりの腕前が必要だろう。今度、作品を見せてくれないだろうか」

「あ……そうね。ジークハルトに見せたことはなかったわね」

自分のために作るだけで、彼に刺繍入りのハンカチなどをプレゼントしたことはなかった。今頃になって気づいたが、婚約者なのだからなにか贈り物をするべきだったのだ。

アンネマリーの私物はすべてベルンハルト家から宮殿へ持っていく手はずになっている。その中には、これまでに刺繍した数々の品があった。

「宮殿へ着いたら見せるわね。わたしの腕前にきっと驚くわよ」

「それは楽しみだ」

ジークハルトは穏やかに微笑んだ。

彼とこんなふうに和やかに話をするなんて不思議な感覚だ。

きっと、アンネマリーにとっては久しぶりのことだったからに違いない。

新鮮な気持ちになり、爽やかに心が満たされた。

やがて馬車は壮麗な門をくぐり、宮殿へ辿り着く。

大鷲が羽を広げたような威風堂々としたバロック様式の宮殿は、アクアグリーンの屋根に彩られており、趣がある。部屋数が千室以上あるので、ずらりと窓が並んでいた。さらに広大な庭園には緑豊かな木々が溢れ、精緻な彫刻が施された泉からは噴水が湧いている。

この宮殿が神聖エーデル帝国の中枢であり、歴代の皇族たちが暮らした由緒ある建造物だ。

アンネマリーは何度か訪れたことはあるのだが、もちろん親戚だからといって気軽に遊びに行けるようなところではない。正式に訪問を申し込まなければ、門をくぐることすらできないのがしきたりである。

ベルンハルト家は皇族のひとつではあるが、代々の皇帝を継いでいるラインフェルデン家とは遠縁なので、このような広大な宮殿を有していない。実家はこぢんまりとした邸宅だ。

車窓を眺めたアンネマリーは、宮殿の美しさに感嘆の息を零した。

「いつ見ても、とても美しい宮殿ね」

「今日からここが、あなたの住むところだ。皇妃の部屋はすでに整えてある。私が家具を決めたので、気に入ってもらえたら嬉しい」

「まあ……そうなの。見るのが楽しみだわ」

実は前世ですでに見ているわけだが、素知らぬふりをする。

皇帝と皇妃を乗せた馬車は、前後に護衛の馬車を配置させている。

表玄関の馬車寄せ前に、ゆっくりとそれらの車体が止まった。

衛兵が馬車から先に降り、玄関前に直立する。

ずらりと並んでいた従者のひとりが、慇懃（いんぎん）な所作で馬車の扉を開いた。

彼らは一斉に頭を垂れる。

「お帰りなさいませ、陛下。そして、皇妃殿下」

皇妃という称号が、アンネマリーにずしりと伸しかかった。まるで鉄の王冠を被せられたようである。だが、ここは平然としてやり過ごすため、微笑を浮かべるに留めた。

馬車から降りたジークハルトは、すっとアンネマリーに手を差し出す。

すると、侍従長らしき老齢の男性が声をかけてきた。

「陛下。皇妃殿下は従者が馬車から降ろして差し上げます。陛下自らが従者のようなことをなさるのはいかがなものかと」

だがジークハルトは手を下ろさず、きっぱりと告げた。

「私の妻は、私がエスコートする。今後いっさい、従者がアンネマリーの手に触れることは許さぬ」

皇帝の言葉は絶対である。

はっとした侍従長は、深く頭を垂れると一歩下がった。

そのやり取りを目にしたアンネマリーは心の中で首を捻る。

こんなこと、前世ではなかったような……？

ジークハルトが気まぐれを起こしたのだろうか。それともアンネマリーが忘れているだけなのかもしれない。

確か前世では、惨めな花嫁姿で結婚式を挙げたので、宮殿へ向かう馬車の中ではとても気まずく、会話がなかった。アンネマリーは涙目になりながら、ひたすら落胆していたので、ほかのことはあまり記憶に残っていない。

ジークハルトはまっすぐにアンネマリーへ、澄み切った双眸を向ける。

「さあ、私の皇妃。夫の手を取るのだ」

「え、ええ」

ここで断ったりしたら、皇帝であるジークハルトの面目が潰れてしまう。それに紳士のエスコートを受けないのは、淑女としてマナーに反する。

ぎこちない笑みを浮かべたアンネマリーは、そっと彼の大きなてのひらに自らの手を重ねる。

今はもうウェディンググローブをつけていないので、ジークハルトの体温が肌を通して直に伝わってきた。

どきんと心臓が跳ねたが、努めて表情には出さない。

しっかりと手を握られながら、アンネマリーは馬車から降りた。

そのままジークハルトはつないだ手を離さず、エスコートして宮殿内へ入る。

吹き抜けの高い天井には金色の蔓模様が細工されていた。大理石の床は広々としていて、重厚な柱が等間隔に配置されている。

案内された棟は皇帝のプライベートな空間だ。親戚などの訪問客と話すための応接室や、一家が集まる談話室、その奥には各人の部屋があり、扉がずらりと並んでいた。アンネマリーは応接室までは入ったことがある。

「こちらは皇帝の一家が居住する領域だ。とはいえ、母は別の宮殿に住んでいるので、今は私ひとりで使用している」

「ええ、そうよね」

「だが今日からは、あなたとふたりで暮らすことになる。――さあ、ここが皇妃の部屋だ」

　部屋の前に控えていた侍女が扉を開ける。

　前室があり、そこにはソファが置かれていた。ここは侍女が待機する場所である。さらに奥にはもうひとつの扉がある。

　その扉を侍女が開けると、そこには豪奢な空間が広がっていた。

　広い窓に高い天井、カーペットやカーテンは重厚で趣がある。天蓋付きの寝台が中央に置かれ、飴色のデスクが壁際にあった。休むための寝椅子は羅紗張りで、食事もできるテーブルと椅子は精緻な細工が施されている。

「それから、バスルームと衣装部屋がある」

　ほかの扉を、ジークハルトは自ら開けた。

　広いバスルームには猫足のバスタブがあり、衣装部屋にはたくさんのドレスが収納されている。

どれも皇妃にふさわしい、豪華なものだ。

すでに前世で見たとおりである。

この部屋だけで暮らせる仕様になっているのは、宮殿自体が広いことと、皇妃という身分に合った作りになっているからだが、たとえば夫婦の寝室に行かなくても自室で寝ることができるようにするためでもあった。

皇帝と皇妃とは、一般の夫婦のように生涯同じベッドで眠るということにはならないのだ。つまり初めから、帝国のための政略結婚なのである。

前世のアンネマリーはお飾りの皇妃だったので、ほぼこの部屋で過ごしていた。

ここには別に皇帝と皇妃のための寝室があるのだが、そこは一度も使用されることはなく、ジークハルトと食事を取ることもほとんどなかった。

当然、懐妊することもないわけで、周囲からは見放されていた。もちろん、ジークハルトもそうだったのだろう。夫婦の会話はろくになかったから。

寂しい前世を思い出し、そっと目を伏せる。

アンネマリーのそんな気持ちを知るよしもないジークハルトは、部屋の案内を終えると、にこやかな笑みを見せた。

「あなたに古い家具は使わせられないので、すべて新調した。どうかな。気に入ってくれたか?」

「あ……そうね。とても素晴らしいわ。ジークハルトが選んでくれたのですものね」

ぎこちなく答えるアンネマリーの頬が引きつっていた。

そんな彼女の様子に、ジークハルトはふと笑みを収める。

「なにか気になることがあるのだろうか。遠慮なく言ってほしい」

「え？　な、なにもないわ」

二度目の人生なので、すでに過去を経験していると、どうにも隠すのが難しい。

ジークハルトは、つと小首を傾げた。

「そうか。それならよいのだが」

「ええ。部屋がとても素敵なことに変わりないわ」

目を瞬かせるジークハルトは、彼女の言い方に違和感を覚えたらしい。話題を変えようと、アンネマリーは話を振った。

「それより、さっき話した刺繍を見せるわね」

「ああ、そうだな。ぜひ、見せてほしい」

室内に大きな荷物を持った従者が続々と入ってきた。アンネマリーが実家から持ってきた私物である。皇妃として必要なものはすべて用意されているが、お気に入りのものを使い続けたいので、許可を得た上で持ち込んだのだ。

その中には刺繍するための道具や、これまでに製作した作品がある。

ほかにも大切にしている本が大量にあった。それに子どものときから捨てられないぬいぐるみなど。

手放せないので、あれもこれもと詰め込んでしまい、荷造りを終えたときには樫の木箱がいくつも詰まれてしまった。

それらを従者が部屋に置く。あとから入ってきた侍女たちが箱を開けて中身を取り出し、整頓を始めた。

「ええと……刺繍が入った箱はどれだったかしら」

なにしろ箱は大量にあり、どれも同じ形をしている。しかも詰め込んだ順に開けるわけではないので、アンネマリーはどこに刺繍が入っているのかわからなくなってしまった。

箱の中身を探ろうとするアンネマリーに、侍女のクラーラが声をかける。

「皇妃殿下。のちほどこちらで刺繍をお出ししておきます。これから晩餐会ですので、お着替えをお願いいたします」

「あ……そうだったわね」

結婚式のあとは、宮殿での晩餐会が行われる。各国の賓客を招いての晩餐会は、とても大切な行事だ。

ジークハルトはアンネマリーの背に、そっと手を添える。

「刺繍はあとで見せてもらおう。晩餐会が終わったら、ゆっくりできるからね」

「あ、でも今夜は……」

今夜、ジークハルトは急な政務が入る予定だ。

だから初夜はないし、晩餐会のあとふたりが顔を合わせることもないはず。

そう言いかけて、前世のことは秘密なのだと思い出したアンネマリーは口を噤む。

話すのをやめた彼女を、ジークハルトは促した。

「今夜は？　なにかあるのかな？」

「ううん。なんでもないの」

「都合が悪いことがあるなら話してほしい。私たちは夫婦になったのだ。あなたの話に、私はいつでも耳を傾ける」

都合が悪いのは、ジークハルトのほうである。

だけど、急な政務が入ったという理由は侍女から伝えられたことなので、真偽は定かではない。もしかしたら、彼はあえて初夜を避けたのかもしれなかった。

「わたしのほうはなにも起こらないのよ。ずっと寝室で待っていることになるわ」

彼を説得しようとして、踏み込んだ言い方になってしまった。

つと、ジークハルトは首を傾げる。

「ふむ。あなたはまるで未来を予知したように言うのだね」

未来ではなく、過去に起こったことを繰り返しているというべきか。

だがそれを言えるはずもなく、アンネマリーは気まずく目を逸らした。

「そ、そうかしら？　ひとまず着替えをしなくてはならないわ」

「うむ。――クラーラ、頼んだぞ」

ジークハルトは皇妃付きの侍女のクラーラに声をかけた。

クラーラは慇懃な礼をする。

「かしこまりました、陛下」

年齢はアンネマリーとさほど変わらないクラーラは、貴族の子女である。神聖エーデル帝国では、身元のしっかりした者しか宮廷の侍女にはなれない決まりだ。

前世でもクラーラは忠実な侍女だったから、アンネマリーは彼女に信頼を置いていた。

だがクラーラもそんなことは知らないので、初めてアンネマリーに会ったかのような挨拶をする。

「初めまして、皇妃殿下。侍女のクラーラと申します。皇妃殿下の身の回りのお世話をいたします。なんなりとご用をお申しつけくださいませ」

皇妃への完璧なお辞儀をされ、ついアンネマリーは言ってしまった。

「そんなにかしこまらなくていいのよ。いつもどおり……というか、わたしのことはアンネマリーと名前で呼んでね」

「では、アンネマリー様とお呼びさせていただきます」

つい失言しかけたが、クラーラは疑問を持たなかったようだ。

彼女は穏やかな微笑を浮かべたまま、衣装部屋へアンネマリーを案内する。

「晩餐会のドレスはどれにいたしましょうか？」

そこは単にドレスを収納しておくだけの場所ではなく、着替えるためのドレスルームや化粧をする鏡台があり、とても広い衣装部屋だ。

ドレスは若草色や勿忘草色などの落ち着いたカラーが多く、露出が少ない。いずれも皇妃らしい清楚なドレスで、とても高価な品物ばかりである。

すでに婚約していたときから、宮廷専属の仕立屋がベルンハルト家を訪問して、アンネマリーの採寸をしていた。それはこれらのドレスを作製するためだった。だが、そのときはまさか、こんなにたくさんのドレスが用意されているとは思わなかったのである。

前世では、晩餐会でどのドレスを着たのだったろうか。もう忘れてしまったし、同じドレスを着るのも縁起が悪い気がする。

トルソーに飾られた数々のドレスを見回したアンネマリーは困惑してしまった。

「たくさんありすぎて選べないわ……」

「いくつか候補をお出ししましょう。優しい色合いのものがよろしいのではないでしょうか。こちらと、こちらなど……」

クラーラは選んだドレスのトルソーを前に出した。

その様子を目を細めて見ていたジークハルトは踵を返す。

「では、私も支度をするとしよう」

そのとき、部屋をノックする音が耳に届いた。

クラーラとは別の侍女が前室へ向かい、応対している。すぐに戻ってきた侍女が「バッハシュタイン秘書長官です」とジークハルトに伝えた。

ウルリヒ・バッハシュタイン秘書長官は、皇帝の側近の中でも、もっとも高位の人物である。政治的な補佐だけでなく、皇帝の私生活にも干渉する権利を有している。

まだ入室の可否を告げていないのだが、ウルリヒは一分の隙もない完璧な佇まいで扉の傍に立った。

「陛下。式を挙げたばかりなので皇妃殿下のお傍を離れがたいのは理解できますが、これから晩餐会がありますので、ご準備をお願いいたします」

眼鏡のブリッジを押し上げる仕草がインテリジェンスなものの、いつも遠慮がない男である。

ウルリヒの年齢はジークハルトより少し上だが、歴代の秘書長官と比べると若年の部類に入る。

口うるさい側近に、ジークハルトは嘆息した。

「おまえはなにも理解していない。そろそろ行こうと思っていたところだ」

「わたくしが状況を理解しているか、理解していないか、ご必要とあらば説明いたしますが？」

「いらぬ。行けばいいのだろう」

「では、衣装室へどうぞ」

ウルリヒは慇懃な礼をした。部屋を出ようとしたジークハルトだったが、ふと足を止めてウルリヒを振り返る。

「そういえば、今夜、なにか起きるのか？」

「は……陛下のお耳には入れないつもりでしたが、すでにご存じでしたか」

「なんだと？　詳しく話せ。執務室で聞こう」

ジークハルトはウルリヒを伴い、退室した。

荷ほどきをしていた侍女が部屋の扉を閉める。

アンネマリーはドレスを選びながらも、ふたりの会話が聞こえていた。

クラーラに声をかけられて、そちらに意識が引き戻される。

「アンネマリー様、こちらのライラックのドレスにいたしますか？」

「あ……そうね。それにするわ」

清楚なライラックのドレスを目にしながら、アンネマリーはこれから起こりうることへ思いを馳せた。

宮殿で行われた晩餐会は、壮麗な様相を呈していた。

長大な大理石のテーブル前に、着飾った紳士淑女がずらりと座っている。彼らはいずれも皇族の親戚や帝国の重鎮、各国の王族たちだ。

テーブルには豪勢な料理が給仕され、人々は優雅に食事を楽しんでいる。

アンネマリーはジークハルトとともに、上座から賓客たちを眺めていた。

緊張のためか、あまり料理に手がつかない。

二度目なのに、人目を気にするなんて変よね……。

新しい皇妃を値踏みするような視線を時折感じてしまう。彼らはまだ知るよしもないが、皇妃の結末が毒殺にしろ離婚にしろ、悲劇には違いない。

つまり、この結婚に幸せな未来はないのである。

ふう、と溜息を零して手にしたフォークを皿に添える。すると、ジークハルトが純銀のゴブレットを音もなくテーブルに置いた。彼は気遣わしげにこちらに目を向ける。

「疲れたかな？」

「いいえ、大丈夫よ」

「体調が優れないときは遠慮なく退出していい。私が賓客の相手をするからね」

「ありがとう。陛下」

人前なので『陛下』と呼ぶと、ジークハルトは薄い笑みを浮かべた。

「アンネマリーにそう呼ばれると、不思議な感じがするな」

「そうかしら？　いつもそう呼んで……なかったわね。婚約中は名前で呼んでいたのよね」

前世では冷め切った夫婦だったので、常に『陛下』としか呼んでいなかった。

だけど、もう前世ではない。ジークハルトに転生した事実を伝えるつもりはないから、怪しいことは言わないようにしないと。

それはわかっているのだが、昨日過去に戻って人生をやり直し始めたばかりのせいか、記憶が混乱してしまうのだ。

だがジークハルトは不審に思わなかったようで、笑みを崩さない。

「私のことは変わらずに名前で呼んでほしい。あなたは皇妃になったが、私の妻でもあるのだから」

「え、ええ。わかったわ」

彼の艶めいた表情に、どきりとさせられる。

見つめ合うふたりを、賓客は微笑ましく見守っていた。

近くの席に座っていた貴婦人と紳士が上品に囁く。

「お似合いのおふたりだわ。まさに理想の結婚ね」

「ああ。陛下がアンネマリー様をぜひ皇妃にと望んだのだから、おふたりは相思相愛だろう」

アンネマリーは皇族であり、皇妃となる資格は充分に持っている。しかもジークハルトとは幼い頃から仲がよかった。ふたりは子宝に恵まれて末永くともに暮らし、帝国の未来も安泰だと、誰もが信じて疑わなかった。

そんな中、ナイフを皿に打ちつける音が響く。

ガチャンという耳障りな音は人々のさざめきにかき消されたが、ふとアンネマリーはそちらを見た。

大臣のゲッペルトだ。

帝国の重鎮のひとりである男は、苛立たしげに口元を拭（ぬぐ）ったナプキンをテーブルに放った。

「まったく！　メインのソースが少ないではないか」

料理を平らげてから文句を言っているゲッペルトに、周りにいた人々は失笑を零した。

「ほら、ゲッペルト大臣は娘を皇妃に推していたから……」

「陛下はアンネマリー様しか見ていなかったから、すげなく断られたのだろう」

そんな声が聞こえてくる。

名のある貴族なら、娘を皇妃にしたいと願うのは当然だろう。それが叶わなかったので不服のようだ。

つと、ジークハルトが双眸を細めた。

「ゲッペルト。そなたはなんらかの不満がありそうだな。それはソースのことだけなのか？」

結婚について不満があるのかと、皇帝が暗に示唆したので、人々は押し黙る。

しん、と広間には冷たい水が染みるような静寂が満ちた。

慌てた様子のゲッペルトは居住まいを正す。

「不満などと滅相もございません。ちょっとソースが気になっただけでして……失礼いたしました」

「そうか。それならばよいが」

ジークハルトが優雅にゴブレットを回したので、賓客たちからは安堵の息が零れる。

給仕がソースの追加をゲッペルトに訊ねると、彼は唇を歪めて手を振った。

アンネマリーも一息つき、提供されたザッハ・トルテにフォークを入れる。

そのとき、側近のウルリヒが皇帝の傍にやってきた。

「陛下、お耳に入れたいことがございます」

「どうした」

耳打ちするウルリヒに、ジークハルトは頷いた。

「わかった。手はずどおりにせよ」

「承知いたしました」

すっと一礼すると、ウルリヒは去っていった。

会話の内容は聞こえなかったが、内密のことだろう。気になったものの、アンネマリーはジークハルトに問うことはしなかった。

やがて晩餐会はつつがなく終わり、アンネマリーは退席した。

このあと花嫁は、初夜の支度が待っている。

自室へ戻ってきたアンネマリーは侍女たちに囲まれる。

彼女たちの手により、着ていたドレスを脱ぐと、バスルームへ入る。

猫足のついたバスタブからは温かな湯気が立ち昇っていた。

足先から入浴したアンネマリーは、ゆっくりと体を沈める。温かい湯が、疲れた体に染み渡るようだった。

バスタブに入りながら、侍女に髪を洗ってもらう。すっかり髪が艶やかになると、バスタブから上がり、今度は体を洗われる。

柔らかな海綿が体の隅々まで滑っていく。

これから皇帝の夜伽を務める皇妃の肌は、珠玉のごとく磨き上げられた。

でも、こんなことはすべて無意味なのだけれど……。

アンネマリーはそっと目を伏せた。

なぜなら今宵、夜伽がないことをアンネマリーはすでに知っているから。

だが夜伽があってもなくても、支度だけは行うのがならわしなので従うしかない。

バスルームを出ると、ふんわりとした肌触りのよいバスタオルで体を拭かれる。

肌が冷えないうちに、夜伽用の豪奢なネグリジェが着せられた。純白のネグリジェは繊細なレースで覆われ、純潔を象徴している。

「アンネマリー様、こちらへどうぞ」

クラーラが案内した先は、衣装部屋の鏡台の前だ。

鏡台の椅子に座ると、侍女たちが銀の櫛で髪を梳き、薔薇水で肌を潤す。さらに、やすりで手足のつま先を整えてから、丁寧に香油を塗り込まれた。

支度が完成すると、鏡には初夜を迎えた初々しい花嫁が映っていた。

しかし、アンネマリーの表情はどこか曇っている。

それに気づいたのか、クラーラは明るい声をかける。

「お水をお持ちしましょうか。ワインのほうがよろしいですか？」

「いいえ。いらないわ」

アンネマリーは首を横に振った。

一晩中、寝室にひとりでいる覚悟はできている。

すっと立ち上がると、鏡台を離れ、扉へ向かった。

後ろからついてきたクラーラとともに、夫婦の寝室へ辿り着く。

すぐ隣の部屋なので、数歩の距離だ。

クラーラは念のためノックをするが、部屋は無人である。扉を開けた彼女はアンネマリーに微笑んだ。

「陛下はすぐにいらっしゃいます。わたくしは控えておりますので、なにかあったらベルを鳴らしてお呼びください」

「いえ、その必要はないわ。なにも起こらないから」

そう言うと、クラーラは目を瞬かせた。

だが彼女は、侍女を呼ぶような事態には至らないという意味だと思ったらしく、すぐにその顔に笑みを取り戻す。

「お出ししておいたアンネマリー様の刺繍は、テーブルに置いておきました」

「あ……いらないわ。持っていってちょうだい」

そういえば、刺繍を見せるという話をしていたのだった。だけど、どうせジークハルトは寝室を訪れないので、明日でもよいだろう。彼はもう刺繍のことなんて忘れてしまっているかもしれない。

アンネマリーはテーブルに置かれていた刺繍を手にすると、クラーラに渡した。

彼女は戸惑っていたが、主人の命令には逆らえないので、一礼すると静かに扉を閉める。

小さな溜息を零して、室内を見回した。

瀟洒（しょうしゃ）な部屋には広い寝台がひとつ。そこには薄い紗布が垂らされている。それにソファと小さなテーブルも置いてある。今は暖かい季節なので使われていないが、重厚な暖炉があった。それらを燭台の明かりが橙色に照らす。

精緻な模様のカーペットを音もなく踏みしめたアンネマリーは、窓辺に近づく。

カーテンはすでに引かれていたので、少しだけ開けて外を眺めた。

闇に沈む庭園の深緑を、煌々とした満月が浮かび上がらせている。静謐（せいひつ）で幻想的な夜だった。

夜が明けるまで、月を眺めているのもよいかもしれない。

そう思ったとき、扉がノックされる音が耳に届く。

瞬きをしたアンネマリーは振り返り、声をかけた。

「クラーラ？　どうしたの？」

忘れ物でもあったのだろうか。

ギィ……と軋んだ音を立てて、扉が開かれる。

だが姿を現したのは侍女ではなく、寝巻のローブを着た男だ。

金色の髪を明かりに煌めかせ、彼は唇に弧を描く。

「待たせたね、アンネマリー」

「えっ……ジークハルト⁉」

アンネマリーは驚きの声を上げた。

ジークハルトは今夜、急な政務が入るので、寝室には訪れないはずなのに。

室内に入ったジークハルトは、驚きを露わにするアンネマリーに首を捻る。

「なにか驚くことがあったかな？　初夜の寝室に夫が訪れても不思議はないと思うのだが」

「あ……ほら、急な政務が入ったのではなくて？」

そちらのほうは大丈夫なのだろうか。

本当に急用なのか、それともアンネマリーに愛想を尽かしたのかは定かではないが、前世のジークハルトは初夜に寝室を訪れなかった。

だから今世でもそうだろうと思っていたのに、ジークハルトが何事もなかったかのように現れたので混乱してしまう。

いったい、なにが起きているの？

もしかして、私が前世と違う行動をとったことで、なにかが変わってきてる……？

だが彼にとっては、びっくりしているアンネマリーのほうがどうかしたのかと困惑するだろう。

瞬きをひとつしたジークハルトは、窓辺に立っているアンネマリーにゆっくりと近づいた。

「そのことは、処理しておいたので問題ないよ。すでにウルリヒから報告を受けている」

「……そうなのね」

ウルリヒと内密の話を交わしていたから、政務については片付いたようだ。

「あなたはなぜ、今回の件が起こるのを知っていたのだ？」

問われたアンネマリーは目を瞬かせた。

今回の件と言われても、具体的になにが起こったのか、アンネマリーは知らない。ただ彼女が知っていたのは、急な政務とやらで皇帝が初夜をすっぽかしたという前世である。

とはいえ、それを説明するわけにはいかないのだが。

アンネマリーはうろうろと視線をさまよわせた。

「えっと……知っていたというか……そういうことがたまにあるの。虫の知らせというのかしら。ほら、危険が迫ったことを察知するみたいな」

「なるほど。直感のようなものかな」

「そう、それよ！　でも本当にたまにだから、気にしないでね」

「ふうん……。あなたが直感に優れているとは、知らなかったな」

ジークハルトの眼差しに探るようなものが含まれている気がして、アンネマリーは頬を引きつらせた。

転生したアンネマリーはつまり、彼の知る本来のアンネマリーとは違う人間ということになるのかもしれない。結婚式のときから妙なことを言い出すアンネマリーに、彼は違和感を覚えるのだろう。

だけど、この場はどうにかして乗り切るしかない。

すべては毒殺を回避するためである。

「実は、そうなの。でも自慢するようなことでもないから、黙っていたわ」

ぱちぱちと瞬きをするアンネマリーを、ジークハルトは双眸を細めて見やる。

その眼差しは、獲物を見定める肉食獣のような獰猛さを孕んでいた。

「これまで私が知っていたアンネマリーは、ほんの一部分だったようだ。これから私たちは夫婦になるのだから、あなたのすべてを知りたいな」

甘くて深みのある声音で囁かれ、どきんと心臓が跳ねる。

アンネマリーはすっかり油断していたが、今宵は夫婦の初夜なのだ。ふたりが結ばれるのに、なんの障害もない。

そのことを自覚し、どきどきと鼓動が速くなる。

ど、どうしてこんなに緊張するの……？

彼に抱かれるかも、なんて思ったら、体が硬直してしまう。

初夜は特別なものなのだ。

だから前世では初夜に訪れなかった彼にがっかりしたし、それ以降、ふたりの仲はよそよそしくなってしまった。前世でも夫婦の営みはあったと思うが、どんなものだったか覚えていない。

それだけアンネマリーは初夜というものに期待していたし、今だってそうなのだ。

ジークハルトに抱かれたいと、女として望んでいる。

だけどそうとは率直に言えなくて、目を逸らす。

「そ、そう？　わたしのすべてを知ることは、できないかもしれないわよ？」

「ふうん。刺繍を見せると自信を持っていたわりには、手の内を隠すのだね。侍女とすれ違ったので少しだけ見たけれど、綺麗な刺繍だったよ」

「あ……」

ジークハルトは寝室を訪れないと思い込んでいたので、クラーラに刺繍をしまわせてしまった。

彼はアンネマリーと話したことを忘れてなどいなかったのだ。

それなら、堂々と見せればよかったかもしれない。

アンネマリーは初夜をすっぽかされて自分が傷つくということで、頭がいっぱいになっていたのに気づいた。

「あなたはなにを考えているのだろうか。まるで私をもてあそぶ小悪魔だね」

「わたしがどう考えていようがいいじゃない。だって、どうせ離婚する前提なのだし」

一応は、離婚する前提という約束のもとでの結婚である。

このまま皇妃でいたら、いずれは毒殺されてしまうわけなので、一刻も早く別れたいところだ。

ということは、初夜も一緒にいなくてもよいのでは……？

もし妊娠したら困ったことになる。それに別れるのなら、余計な情は持たないに越したことはない。

その考えが頭を掠めたが、口に出す前に、強靭な腕で囲い込まれた。

妖艶な笑みを浮かべたジークハルトは窓に手をついて、アンネマリーを腕の檻に捕らえる。

「そういう話だったね。だが、今の私たちは夫婦だ。そして今夜は夫婦の初めての同衾だ。そうだろう？」

「……でも、どうせ離婚するなら、やっぱり……」

アンネマリーの胸が葛藤に渦巻く。

彼に抱かれたいという気持ちはある。だけど状況を考えると、抱かれてはいけないのではとも思う。

そもそも、ジークハルトはどう思っているのだろう。

彼が初夜に寝室を訪れたのは、義務なのだろうか。もちろん婚前交渉はないので、ふたりがベッドをともにするのは今夜が初めてになる。

つとアンネマリーは伏せていた目を上げる。

すると、アンバーの瞳は驚くほど近くまで寄せられていた。

唇がくっつきそうな距離に、驚いたアンネマリーは睫毛を瞬かせる。

「私は、あなたを抱きたい」

明瞭に言い切った台詞が、鼓膜を通して体の深いところまで染み渡る。

アンネマリーはなにも言い返せなかった。

ジークハルトが直截(ちょくせつ)に求めてくる言葉を、初めて聞いたから。

えっ……空耳じゃないわよね？

雄々しい唇が動いて、言葉を紡いだのを目にした。

どうして彼はそんなことを言ったのだろう。前世のジークハルトと違いすぎて、アンネマリーは混乱する。

動揺するアンネマリーに、ジークハルトは言葉を継いだ。

「それは皇帝としての義務ではない。私はずっとあなたが好きだった。好きな人と身も心も結ばれたいと願うのは、恋をする人間の自然な感情だ。私はあなたと出会って、それを知った」

彼の真摯な双眸が、まっすぐに注がれる。

ジークハルトは揺るぎのない瞳で想いを伝えた。彼の強い信念に基づいた言葉なのだと、アンネマリーは感じた。

こんなふうに告白されるなんて、初めてだった。

前世ではまったくなかったので、彼の言葉を受け止め切れない自分がいる。

「あの……ジークハルト。あなたは、本当にジークハルトなの？　わたしの知っているあなたとはまるで別人だわ」

問いかけると、ジークハルトは不敵な笑みを見せた。

ジークハルトのほうこそ、アンネマリーが別人ではないかというところなのだが、彼がこんなにもまっすぐに想いをぶつけてくるなんて意外で、つい疑問を持ってしまった。

間近から見るジークハルトは、アンバーの瞳で心の奥底まで見透かそうとする。

「私という男を、あなたはこれから知ることになる」

どきん、と心臓が跳ねた。

期待と恐れが綯（な）い交ぜになり、アンネマリーは後ずさろうとする。

だけどすぐ後ろは窓だった。しかもジークハルトの強靭な腕に囲われているので、身動きがとれない。

花嫁を腕の檻に捕らえたジークハルトは、艶めいた声で囁く。

「キスしてもいい？」

「……だめ、と言ったらしないの？」

「どうしようかな。……いいかい？」

彼の密やかな呼気が唇に吹きかかる。

蕩けるようなアンバーの瞳に包み込まれそう。

もう唇は触れ合う寸前だ。

ジークハルトは礼節を守る男なので、婚約中のふたりは唇はもちろん、頬へのキスも、ハグもしたことがなかった。

離婚前提ではあるけれど、まっすぐに告白してくれた彼を受け入れたいと、アンネマリーは思った。

ゆるゆると首を縦に振る。

すると、すぐにチュッと唇が触れ合った。

「あっ……」

ぶつかったのかと思うような一瞬のキス。

どきん、と心臓が跳ねた。

アンネマリーが目を瞬かせると、彼の双眸が間近からじっと覗き込んでくる。

「初めてしたね、キス」

「そ、そうね」

「もっと深いキスをしてもいいかい？」

もっとと請われて、驚いたアンネマリーはいっぱいに目を見開く。

そんなキスは知らない。どうすればよいものなのかもわからなかった。

だけど、嫌と言っても無意味な気がする。

ジークハルトは腕の檻からアンネマリーを解放しようとはしない。

「ど、どうしてわたしに訊ねるの？　ジークハルトはこの帝国の皇帝なのだから、誰にも許可を求める必要なんてないわ」

「私の花嫁を大切にしたいからだ。……だが、許可はいらないというのなら、私の好きなようにするよ」

好きなように——。

どうされるのだろう。

ジークハルトにこんなにも求められるなんて想定していなかったので、困惑してしまう。

けれど、かすかな期待も胸のうちにあった。

前世では叶わなかった初夜の営みを、やり直すことができるかもしれない。

悲しい前世をやり直すために、転生したのだから。

初夜だって、本当はジークハルトに来てほしかった。だからアンネマリーはこんなにもこだわっているのだ。

「いいわ。好きなようにして」

こくりと、アンネマリーは頷いた。

「ほう……」

ジークハルトは軽く目を見開く。

アンネマリーの度胸を、意外に思ったのかもしれない。

だけど、すぐに彼は端麗な顔に悪辣な笑みを浮かべた。

「そうか。それでは、遠慮なく」

雄々しい唇が降ってきて、チュウッとアンネマリーの唇を吸い上げた。

まるで飢えた獣のごとく、ジークハルトは貪（むさぼ）るような激しいキスをする。

上唇と下唇を交互に吸われ、濡（ぬ）れた舌が歯列を割ってもぐり込む。

薄く唇を開けたアンネマリーは獰猛な舌を迎え入れた。

怯える舌を搦（から）め捕られ、淫猥（いんわい）に擦り合わせる。

濡れた粘膜を絡めると、体の芯から疼きが込み上げてくる。

くちゅくちゅという淫靡（いんび）な音色が鼓膜を通して官能を送り込んだ。

「ん……ん、ふ……」

甘くて蕩けるようなキスに、腰が砕けそうになる。

ところが気づいたときには、ジークハルトの強靭な腕が腰に回されて、しっかりと支えられていた。

彼の紡ぐ濃密なくちづけに、息さえできない。

どきどきと鼓動は早鐘のごとく鳴っている。

胸を喘がせながら、ひたすら与えられるキスに応え続けた。

剛健な背中に手を回し、ぎゅっと縋りつく。

ジークハルトはまるでこれまで触れなかった分を取り戻すかのように、延々と濃厚なキスを続けた。

ようやく唇が離れると、互いの唇を銀糸がつなぐ。

煌めく糸を目にしたアンネマリーは、ぞくんと体が燃え立つのを感じた。

ジークハルトは親指で口端を拭うと、妖艶な笑みを向ける。

「あなたの唇は極上だ。ずっとこうして、キスしたかった」

そう言うと、彼はアンネマリーの体を軽々と抱き上げる。

強靭な腕に掬い上げられ、さらりと裾のレースが舞う。慌てて頑強な肩にしがみついた。

「きゃ……！」

「花嫁をベッドにさらうよ。安心していい。私はあなたを落とすような愚鈍な男ではない」

瞬く間に寝台に辿り着き、ジークハルトは紗布を捲る。

アンネマリーの体は羽毛が落ちるような静けさで、純白のシーツに下ろされた。

伸しかかってきた彼の精悍な顔が、ほのかな明かりにより、濃い陰影を形作っている。

アンバーの瞳に宿る情欲を感じ取り、アンネマリーの胸がどきんと弾んだ。

わたしはこれから、彼に抱かれるのだわ……。

そんなことはわかり切っていたはずなのに、いざとなると緊張して体が強張る。

前世では、ジークハルトとどんなふうに抱き合ったのか記憶がおぼろだった。

だから今夜が、本当にふたりの初めての夜と言っても過言ではない。

大きなてのひらがアンネマリーの頬をゆっくりと滑り下りる。

獰猛な眼差しを隠しもしないジークハルトだが、彼は穏やかな声を紡ぎ出した。

「怖がらなくていい。あなたが嫌がることはしない。優しくするよ」

アンネマリーは、こくりと頷いた。

彼は紳士なので、そういう意味では信頼している。ジークハルトが声を荒らげたり、横暴な振る舞いをするなんて一度たりとも見たことがない。

それにアンネマリーは二度目の人生なのだから、今さら恐れることなどなにもない。

わかっているのに、どうしてこんなにも胸がどきどきと脈打ってしまうのだろう。

きっと、初夜を過ごすのが初めてだからだわ……。

別に、ジークハルトにときめいているわけではない。

幼い頃からよく知る仲で、親戚で、しかも前世ではうまくいかない夫婦だったのだ。

だから彼に惹かれたりしない。円満に離婚するためにも。

そう心に刻んだアンネマリーだが、どうしても胸の高鳴りが抑えられない。

「わ、わたしは平気よ」

「本当にそうかな？」

挑むような表情を浮かべたジークハルトだが、ふいに真摯な顔に変わる。彼は、ゆっくりと端正な顔を傾けた。

あ、また、キスされる……。

その予感を、高鳴る胸の鼓動とともに、喜びをもって迎えられた。

雄々しい唇が触れると、アンネマリーはそっと瞼を閉じる。

ジークハルトのくちづけは優しかった。

ふたりは神聖な誓いのごとく、長い接吻を交わした。

極上のキスに、アンネマリーの胸のうちが蕩けていく。

唇が離れると、彼は雄々しい唇で首筋を辿っていく。

アンネマリーが身にまとっているネグリジェが、そっと指先で脱がされていった。

下着はつけていないので、ネグリジェが剝がされると、白い双丘がまろびでる。

ジークハルトは情欲を滾らせた双眸で、炙るように肌を見つめた。

「美しい。あなたの肌はまるで極上の真珠のようだ」

「そ、そうかしら?」

アンネマリーは恥ずかしくてたまらず、ふいと視線を逸らす。

彼女の顎のラインをくすぐるように、長い指先がなぞった。

「至宝だよ。どんな貴重な美術品より、あなたの体は美しい」

そんなことは誰にも、一度たりとも言われたことがない。

真剣に呟くジークハルトに、アンネマリーの胸には驚きとともに喜びが湧き上がった。

決して自信のある体ではないけれど、褒めてもらえると嬉しい。たとえお世辞であっても、少しなら自信を持ってもいいのかな、と思えてくる。

アンネマリーは胸を隠そうとしていた両手を下ろした。

ジークハルトになら見られたい、という誇らしい気持ちが湧いていた。

チュ、とアンネマリーの唇にキスをひとつ落としたジークハルトは、膝立ちになって自らの寝巻を脱ぐ。

潔くローブを脱ぎ捨てると、神が造形したのかと見まごうばかりの肉体が露わになる。

ほどよくついた筋肉はしなやかで、雄の猛々しさを滲ませている。綺麗に割れている腹筋と剛健な肩が見事だった。

初夜の夫の裸を、どきどきしながら見つめる。

ジークハルトは乗馬が得意で、日頃から剣の鍛錬も怠らない。それゆえ理想的な肉体が作られているのだろう。

しかも彼の中心はとても大きくて、天を衝いている。

直視するのは、はしたないと思い、そっと目を逸らす。

すると、ジークハルトは唇に弧を描く。

「私の体は好きかい？」

「え、そ、そうね……。鍛えられていて、とても素敵だわ」

アンネマリーは戸惑いながらも、正直に答えた。

こんなに素敵な肉体を嫌いな人なんていないだろう。

だけどジークハルトはその答えに、不服げに眉を跳ね上げる。

彼はアンネマリーの乳房を大きなてのひらで包み込むと、円を描くように揉みしだいた。

ゆっくりと、優しい手つきで、愛撫が始まる。

「あ……ん……」

まろやかな感覚が身に染み込んできて、濡れた声が漏れる。

ジークハルトは丹念に胸を揉みながら、低い声で囁いた。

「好き、って言ってほしいな」

「ん……好き」

「私も。好きだよ」

体の話だと思うが、好きと言い合うだけで、なんだか恋人のような甘い気分になり、心が綻んでいく。

胸を揉みつつ、ジークハルトは赤い突起にくちづけた。

チュッと吸い上げられて、鋭い官能が体に走る。

「あっ！　ん……」

思わず高い嬌声を上げてしまった。

体がこんなに敏感に反応するなんて、いったいどうしてしまったのだろう。

「可愛い声だ。もっと啼(な)かせたいな」

蕩けるような甘い声で囁かれると、アンネマリーの肌はぞくんと粟立つ。

ジークハルトは胸の尖りに唇を寄せて、淫猥に舐(な)めしゃぶる。

肉厚の舌で乳首を舐め上げると、口腔に含み、チュウチュウと音を立てて吸った。

瞬く間に乳首は硬く勃ち上がり、赤く色づく。

もう片方の突起にも、彼は指を這わせた。

指先でまだ柔らかい乳首を捏ね回し、押し潰す。それを幾度も繰り返されると、そちらの尖りも絶妙な愛撫に硬くなってしまった。

「んっ……あ……んぁ……」

次々に湧き上がる甘い快感に、唇からは鼻にかかった喘ぎ声が零れる。

気持ちがよくて、たまらない。

ジークハルトは両方の乳首を、唇と舌、そして指を使って、たっぷりと愛撫した。

右の突起を執拗に舐めしゃぶると、次は左へ。そして左の乳首を吸い上げてから唇で扱くと、今度はまた右へ。

しかも空いたほうの尖りを指先で捏ねるのも忘れない。さらに、てのひらで膨らみを揉みしだくので、アンネマリーはすっかり濃厚な愛撫に蕩けた。

「はぁ……あぁ……ん、あ……ん」

こんなに甘えた声が出るなんて、自分でも信じられない。

とろとろに蕩けた体は、腰の奥から蜜を滲ませる。

きゅっ、と乳首を摘まれた。

「はあっ！　あっん」

強い刺激を与えられ、きゅんとした下肢が、じゅわりと濡れた感触を伝える。

え……わたしの体、どうなったの……？

愛撫されてこんなふうに感じるなんて、未知のことだった。

散々愛撫した胸を両手で包み込んだジークハルトは、その手をみぞおちから腹へと滑り下ろす。

まとわりついていたネグリジェを下げられ、足首から引き抜かれた。

ついにアンネマリーの身にまとうものはなくなり、全裸にされてしまう。

純白のシーツにさらされた体はさながら羽化したばかりの蝶のよう。

ひどく無垢で無防備な肌をすっぽりと覆い隠すように、男の強靱な肉体が被さる。

「感じやすい、いい体だ。ここは、どうなってるかな？」

大きな手は太股を撫で下ろし、膝頭へと到達した。ぐい、と膝裏を持ち上げる。

脚を開かされ、アンネマリーの秘所がさらされた。

「あっ……やぁ……こんな格好……」

「とても綺麗だよ。夫である私の前では、あなたのすべてを見せてほしい」

蕩けるような甘い声で言われ、かぁっと顔が熱くなる。

アンネマリーが頬を染めるのを見たジークハルトは、目元を緩めた。

彼は頭を下げると、肉厚の舌を差し出す。

「ひゃ……ぁ……」

ぬるりと、生温かいものが花襞に触れる。

ジークハルトの舌が、秘所を舐めたのだ。

「や、やめて、そんなの、汚いわ……！」

あまりのことに、アンネマリーは脚をばたつかせる。

その脚を宥めるように撫でたジークハルトは、少し顔を上げた。

「汚くない。あなたの体はどこもかしこも綺麗だ」

「で、でも、皇帝が犬みたいに舐めるなんて、いけないわ……」

「今の私は皇帝ではない。ベッドでは、あなたの夫だよ。妻を愛でるのは当然のことだ」

不敵に笑ったジークハルトは再び顔を下げた。

期待と不安が入り混じるアンネマリーは、直後に経験したことのない感触を得る。

ぬくっと、生温かいものが蜜口に挿し入れられた。

「えっ……」

それがジークハルトの舌だとわかり、あまりの羞恥に顔が熱くなる。

だけど、濡れた舌で粘膜を舐め上げられるのは、なんという心地よさだろう。

ほう……と、アンネマリーは甘い吐息をつく。

肉厚の舌を、ぬるぬると蜜口に出し挿れさせる。まるで雄芯をそうするように。

たっぷりと縁を舐り、唾液を塗り込める。

そうしてから、チュクチュクと淫猥な音色を奏でて、また挿入しては抜くことを繰り返した。

まるで熾火で炙られるように、ねっとりとした愛撫を受けた壺口からは、とろとろと濃密な愛蜜が滴り落ちる。

それを、ジークハルトはためらいもなく、じゅるりと音を立てて啜り上げた。

「あぁ……、ふぁ……ん、吸っちゃ、いや……ぁ……」

拒絶したいのに、なぜか甘い声が漏れてしまう。

アンネマリーが快感を得ているのはすっかりわかっているようで、彼はいっそう蜜口に、ぬっぷりと舌を挿し入れた。

「あっ……あ……はぁん……」

極上の悦楽を味わった体は、さらに奥から蜜液を滲ませた。

けれど、舌では蜜洞の奥までは届かない。

もどかしい疼きが湧き起こり、淫らに腰を捻る。

もっと、大きなものがほしい――。

その願望が湧き起こったとき、舌が引き抜かれた。つと顔を上げたジークハルトは、意地悪く問いかける。

「ん？　どうかした？」

「……どうもしないわ」

「そうか。じゃあ次は、ここかな」

「え……？」

恥丘に手をかけたジークハルトは、顔を下げる。

ぬるりと肉厚の舌で、小さな芽が舐め上げられた。

「ひぁっ……あぁっ……」

敏感なそこを愛撫されると、とてつもない快楽が湧き起こる。

びくんっと腰を跳ねさせたアンネマリーは、背を弓なりに反らせた。

「ここが、感じるだろう？」

指先で包皮を剝き、花芽を露わにしたジークハルトは、ぬるぬるといやらしい舌使いで舐め上げる。

快感が膨れ上がり、小刻みに腿が震える。

腰の奥に熱の塊が形成され、解放を求めて暴れ回った。

「あっ、あっ……はぁん……あん……」

ジークハルトの舌も、彼が恥丘と腿にそれぞれ触れている手も、熱くてたまらない。

黄金色の髪が脚の狭間でさらさらと動くたびに、官能が湧き上がっていく。

アンネマリーの唇からは濡れた喘ぎばかりが零れた。

ジュプ、と剝き出しの肉芽を口腔に含まれる。

温かい口の中に包まれて、チュプチュプと舌で淫猥に捏ねられる。

蠢(うごめ)く舌が熱くて、感じすぎて、アンネマリーは壮絶な愉悦の波に溺れる。

「あぁんっ、あっ、やぁ、なにか、きちゃう、あんん……っ……」

「達していいよ」

ジュプジュプと愛芽を肉厚の舌で捏ね回され、極限まで達した快感が弾ける。

びくんと腰を跳ね上げたアンネマリーの体は、頂点に昇りつめた。

「あっ……あ、あぁ――……っ……ん、ぁ……」

びくびくと大きく腰を震わせる。瞼の裏が白い紗幕に覆われた。

弓なりに背をしならせて、喉を反らし、肉体が達した極みの快感を味わう。

やがてオーガズムを感じた体が弛緩すると、下肢にはまだ甘い快楽が凝(こご)っていた。

達したというのに、ジークハルトは愛撫をやめず、花芽をねっとりと舐っている。

甘すぎる後戯に、達したばかりの体はまたすぐに火が点(とも)りそうになってしまう。

「あぁ……もう、だめ……」

どこもかしこも甘い痺れで溢れている。

ようやく顔を上げたジークハルトは、自らの唇を舌で舐め取った。その淫靡な仕草に、どきりと胸が弾む。

「私の愛撫で、達したね。気持ちよかったかい？」

顔を真っ赤にしたアンネマリーは、小さく頷く。

ジークハルトの舌技で達してしまった。愛撫に溺れて、ただ快感を追えたことが、とてつもなく心地よかった。

「ええ……気持ちよかったわ」

「もっと気持ちよくしてあげるよ。体も蕩けてきたし、そろそろいいかな」

ジークハルトは逞しい身を起こした。

彼の中心はすでにきつく反り返っている。

とてつもなく長くて太く、想像を遥かに超えている。爽やかな容貌のジークハルトがこんなにも凶悪な雄芯を持っていたなんて。

「あ……そんなに大きいの、入らないわ」

「ゆっくり挿れるよ。無理はさせたくないから、痛かったら遠慮せず言ってほしい」

「……わかったわ」

アンネマリーの脚を抱え上げたジークハルトは、蜜口に極太の楔(くさび)を宛てがう。

濡れた壺口は、くちゅりと音を立てて、硬い先端を含んだ。

ズチュ……と太い切っ先が蜜口をくぐり抜ける。

「ああっ……」

「力を抜いて。楽に呼吸するんだ」

「んん……はぁ……」

初夜のジークハルトは優しくアンネマリーを気遣ってくれる。そのことに安堵して、体から余計な力が抜けた。

彼が逞しい腰を押し進めると、ずぶずぶと花筒に幹が呑み込まれていった。

引き攣れるような痛みが走ったが、我慢できないほどではない。

熱杭が蜜道を塞いでいく感触に、空洞だった心が満たされていく。しっとりと濡れた媚肉が、極太の楔に絡みつく。

「あぁんん……はぁ……っ」

「上手だよ。私のを呑み込んでいく」

ずっぷりと、濡れた蜜壺が男根を咥え込んだ。根元まで雄芯を呑み込んだ蜜口は、みっちりと広げられて、美味しそうに楔をしゃぶっている。

とん、と奥を突かれる感触に、甘い官能が湧いた。

ジークハルトの中心を、すべて胎内に収めたしるしだ。

「あ……はぁ……」

「全部、入ったよ。とうとうあなたを、私のものにしたよ……」

挿入を果たしたジークハルトは感極まったように呟く。彼は体を倒すと、ぎゅっとアンネマリーを抱きしめた。

アンネマリーも彼の背中に腕を回して、抱きしめ返す。

そうすると、ひとつになっている喜びが胸に湧いた。今、アンネマリーは、彼の大切な中心を胎内に抱いているのだ。

初夜という特別な日に、夫とひとつになって、結ばれた。

その感激が体中に染み渡る。

頬にくちづけを落としたジークハルトは、アンネマリーの顔を慎重に見やる。

「痛くないか？」

「平気よ……。ジークハルトとひとつになれて、嬉しい」

「私もだ。あなたが受け入れてくれて、本当に嬉しいよ」

チュ、チュとジークハルトはいくつものキスの雨を降らせる。

額やこめかみ、鼻と頬、そしてもちろん唇にも。

くすぐったくなり、アンネマリーは笑いを零した。

「ふふ。くすぐったい」

「もっとキスしたい。あなたは可愛すぎる」

ジークハルトはチュッチュとリップ音を鳴らしながら、顔中にくちづけた。

彼の雄芯を咥えながら抱きしめられているので、アンネマリーは避けようがない。楽しげな笑い声を上げ、強靱な背中に回している腕で軽く叩いた。

「うふふ。もう降参よ」

「今夜はこのくらいにしておくか。……そろそろ、こちらも馴染んできたみたいだしね」

気がつくと、獰猛な楔はすっかり蜜壺に馴染んでいた。濡れた媚肉は、やんわりと雄芯を包み込んでいる。

ジークハルトが、ずるりと腰を引く。すると、抜けていく楔に縋りつくように、肉襞が絡みついた。

はっとしたアンネマリーは、彼の肩にしがみつく。

「あっ、やだ……出ていかないで」

「大丈夫。抜かないよ。ゆっくり動くからね」

雄芯のすべては抜かず、蜜口に雁首（かりくび）を引っかける。

ヌプヌプと先端で壺口を弄（いじ）られると、甘い悦楽が湧き上がった。

ずぶり、と楔がまた最奥めがけて突き込まれた。ねっとりと媚肉を舐り上げて、蜜壺を満たしていく。

最奥まで辿り着くと、トントンと子宮口を先端で穿（うが）つ。

そうされると、鋭い快感が脳天まで貫いた。たまらなくなったアンネマリーは背をしならせる。

「はぅっ、あっ、あぅん……」

げた。

「ん、んっ、あん……」

感じているのはわかっているはずなのに、ジークハルトは意地悪く何度も最奥を突き上

「これ、感じる?」

彼が腰を蠢かせるたびに、楔を咥え込んでいる蜜口が淫靡な音色を奏でる。

「あっ、あぅん、あぁ……」

逞しい腰が前後して、淫らなリズムを刻む。

快楽に翻弄されたアンネマリーはわけがわからなくなる。甘い喘ぎを上げながら、無意識にかぶりを振った。

乱れた長い髪を、ジークハルトはさらりとかき上げた。快楽に蕩ける顔がさらされると、雄々しい唇が迫り、むにっとアンネマリーの下唇を食む。

「気持ちよすぎて返事ができないかな。充分に濡れているから、もう少し激しく動くよ」

ズッチュズッチュと淫猥な音色を鳴らして、獰猛な楔が出し挿れされる。

太い幹は濡れた媚肉を擦り上げ、硬い先端が最奥をズンズンと突き上げた。

ずぶ濡れの蜜口は大きく口を開けて、抽挿される肉棒をずっぷりと咥えている。

グッチュグチュと鳴り響く卑猥な音は、アンネマリーが感じている証だ。律動のたびに壺口からは、とろとろと濃厚な蜜液が滴り落ちている。

「あっ、あっ、あん、はぁ、あぁん……」

弾む嬌声が止められない。

ジークハルトがズチュズチュと激しく抽挿するのに合わせて、濡れた喘ぎが閨に撒き散らされた。

快感が膨れ上がり、ひとりでにアンネマリーの腰が揺らめく。

胎内に溜まった欲が全身を満たし、出口を求めて駆け巡っている。

腰の奥に凝った熱の塊は、今にも暴発しそうだった。

もはやアンネマリーは蜜洞を擦り上げる楔の感触しか認識できなかった。

気持ちよくてたまらないのに、焦燥感が込み上げてくる。それなのに、甘くて切なくて、体は解放を求めた。

「あっ、あん、あぅ、ジークハルト、も、もう……」

「達していいんだよ。一緒にいこう」

ずくずくと雄芯を突き上げられ、先端でもっとも感じる子宮口を抉られる。

丹念に時間をかけて育てられた甘い疼きが解放される気配を、アンネマリーは感じ取った。ジークハルトの激しい抽挿によって、絶頂のきざはしを駆け上がる。

「はぁ……っ、あ、あん、あ、あぁ――……っ……ぁ、……んっ……」

きつく弓なりに背をしならせると、瞼の裏に星々が散った。

弾け飛んだ熱の塊は、じゅわりと甘い水となり、体の隅々まで満たす。

四肢を突っ張らせて、極上の快感に爪先まで甘く痺れる。

「……っく」

低く呻いたジークハルトの雄芯が爆ぜた。

濃厚な白濁が迸り、子宮に注がれる。

ともに達したふたりは、しばらくの間、きつく抱き合っていた。

荒い息遣いが耳に心地いい。しっとりと汗が滲んだ彼の肌が指先に触れ、愛しさが湧いた。

ややあって、頂点から下りたふたりの息が整う。

少し顔を上げたジークハルトは、双眸を細めてアンネマリーの顔を覗き込んだ。

「最高だ。こんなに素晴らしい楽園があったことを、私は初めて知ったよ」

満足げな息を吐いたジークハルトは、アンネマリーの胎内から雄芯を引き抜く。

それを寂しいと思ってしまった。

できればジークハルトにずっと、体の中にいてほしいと思ったから。

そんな気持ちになるなんてどうしたのだろうと戸惑う反面、彼への情愛が湧き上がっていた。アンネマリーにとっても、この初夜はとても素晴らしいものだった。

横に寝そべった彼は強靭な腕を伸ばして、アンネマリーの頭の下に差し入れる。

これは腕枕だ。

そして空いたほうの手でアンネマリーと手をつなぐ。ジークハルトは情欲の欠片をちりばめた瞳を向けると、甘く掠れた声で囁く。

「好きだよ」

「……えっ」

彼の唇から紡がれた言葉に、驚いたアンネマリーは思わず目を瞬かせた。

今の台詞は、体でも行為に対するものでもなく、アンネマリーのことが好きと言った気がする。

彼のまっすぐな想いが胸に染み込んでいく。

彼に抱かれて嬉しかった。アンネマリーは生まれて初めて女の悦びを知った。

でも、わたしたちは離婚を前提とした夫婦なのに……。

そのことが初夜の喜びに昏い影を落とす。

ジークハルトは愛しげに目を細めて、アンネマリーを見つめている。

「あなたは私のことをどう思っているのかな。教えてほしい」

「わたしも……」

好き、と言いたい。

たとえ形式上であっても、睦言を紡いでみたかった。

でもなぜか言えなくて、アンネマリーはジークハルトと視線を絡ませることしかできなかった。

そうしているうちに眠気に襲われていく。

彼の熱い体温を感じたまま、瞼を閉じる。

額に熱いキスが降ってきて、「おやすみ」と聞こえた。

夫の腕の中で、アンネマリーは眠りの淵に落ちていった。


ゆっくりと、体に魂が戻ってくる。

瞼に明るい陽射しを感じて、アンネマリーは目を開けた。

広い天蓋から垂れている紗布から、薄い光が零れている。もう夜が明けたらしい。

だけど、いつものベッドとは異なっているので、心の中で首を捻る。

あら……ここは、どこだったかしら？

自分はお飾りの皇妃で、誰にも顧みられなかった。毒を飲んで転生して、明日は結婚式という状況になって……。

これまでの出来事をつらつらと振り返っていると、ふと、体が熱いもので包まれているのに気がつく。

「えっ……？」

横を見ると、ジークハルトの端麗な寝顔が間近にあった。

彼の強靱な腕に、裸の体が抱き込まれているのだ。

もがいてみるけれど、逞しい腕はびくともしない。

そのとき、長い睫毛を震わせたジークハルトが、うっすらと目を開けた。

「おはよう、アンネマリー……起きたのか？」

甘く掠れた声を紡いだジークハルトは、寝起きのためか、色気が滲み出ている。

そうだった。昨夜は夫婦の初夜を営んだのだ。

情事が終わってもジークハルトはアンネマリーを離そうとせず、彼の腕の中に抱き込まれたまま眠ってしまった。

「お、おはようございます。陛下……」

どきどきしながら、ぎこちなく返事をすると、艶めいた表情をした彼は唇に弧を描く。

「朝になったら、陛下か。私のことは名前で呼ぶはずだろう？」

彼は長い指先で、アンネマリーの頤をくすぐる。悪戯めいた仕草に、どきんと心臓が跳ねた。

「そ、そうだったわね。ジークハルト」

「昨夜のアンネマリーは可愛かった。まさかあなたが、あんなに可愛い声で啼いて、あんなに蕩ける顔を見せるなんて思わなかったよ」

直裁に告げられて、羞恥が湧き起こる。

昨夜は夢中で彼を受け入れたから、仔細までは覚えていない。だけどジークハルトは行為の最中も、じっくりとアンネマリーを見つめて、堪能していたらしい。

「や、やだ。恥ずかしい」

「恥ずかしがるあなたも可愛らしい。私の花嫁に朝のキスがしたいな」

チュッと、頬に熱い唇が押し当てられる。

くちづけは唇にも降ってきた。バードキスはすぐに深いものに変わり、濃密に舌を絡め合う。

「ん、ん……ふ……」

キスしながら、ジークハルトの長い腕が背中を滑り下りていく。

大きな手が尻を撫でると、指先は奥の花襞を探った。

クチュと淫靡な音が鳴り、秘所が濡れていることを知らされる。

獰猛な楔を受け入れたところは、まだ乾いていないのだ。

「あ、ん」

キスをほどいたアンネマリーは手を伸ばし、悪戯をする男の手を避けようとする。

ところがその手を取られ、シーツに縫い止められてしまった。

強靭な体軀に伸しかかられて、脚を広げられる。

まるで羽を広げる蝶のように、しどけない格好になる。

そして蝶を捕らえたジークハルトは獰猛な捕食者だ。

彼は妖艶な笑みを浮かべてアンネマリーを見下ろした。

アンバーの瞳が欲情を宿しているのを見て取り、どきんと胸が弾む。

「あなたがほしい。今すぐに」

「だ、だめよ。朝なのに……」

「新婚なのだから、いいだろう？　呼ばない限り、誰も夫婦の寝室には来ないよう言いつけてあるから邪魔は入らないよ」

「そんな……だって、ジークハルトは政務があるでしょう？」

アンネマリーは剛健な肩に空いたほうの手をつく。本気で押し返そうとしているわけではないが、びくとも動かなかった。

ジークハルトはその手を掬い上げると、指先にくちづけを落とす。

まるで神聖な乙女に忠誠を誓うみたいな所作に、思わず見惚れてしまった。彼の黄金色の睫毛が、紗布の隙間から零れる朝陽を受けて眩く輝いている。

「問題ない。すべて処理しているからね。それよりあなたこそ、とても大切な仕事があるのではないかな」

「えっ……なにかしら？」

目を瞬かせるアンネマリーは、彼の言う大切な仕事とやらに気を取られた。両脚を掲げられ、大きく広げられて、秘所が露わにされる。

皇帝とは思えない悪辣な笑みを浮かべたジークハルトは、逞しい腰を押し進める。

「それはね、私に抱かれることだ」

ずぶん、と硬い切っ先が蜜口に挿し入れられる。

甘い衝撃に、きゅうっと隘路（あいろ）が収斂（しゅうれん）した。

「あっ、あん……っ」

びくんと跳ねた体は、すでに快楽の味を覚えている。

ずぶずぶと媚肉を舐りながら極太の楔が挿入されていく。すると、しっとりと愛蜜が滲んだ。熱杭が濡らされて滑りがよくなり、ずっぷりと花筒に咥え込まされる。

艶めいた雄の顔をしたジークハルトは、双眸を細めた。

「覚えのよい、素直な体だ。もうこんなにすっぽりと、私を呑み込んでいく」

「あぁ……はぁっ……」

極太の男根を呑み込み、胸を喘がせる。

彼の中心がお腹いっぱいに入っていて、愛しさと苦しさがせめぎ合った。

ジークハルトは癒やすように、額にキスをひとつ落とす。

「もうあなたをベッドから出さない。私の愛しい花嫁」

傲岸に告げると、彼は抽挿を始めた。

ズッチュズッチュと淫らな音色を奏でながら、獰猛な雄芯が出し挿れされる。

収斂した媚肉が擦り上げられ、とろとろと蜜を零した。

「あっ、あっ、はぁっ、あん、あぁ……」

甘い喘ぎが止まらない。

瞬く間に官能の渦に引き込まれ、なにも考えられなくなってしまう。

ジークハルトの強靭な背に縋りつき、激しい律動を受け止め続ける。

彼は精を放出しても止まらず、愛の営みは陽が高くなっても繰り返された。


アンネマリーにとって大きな誤算だった。

初夜からジークハルトに溺愛されてしまい、彼は閨からアンネマリーを出さなくなった。

営みは三日三晩続けられ、アンネマリーは気を失うように眠りについた。それからようやくジークハルトは寝室を出ていったのだが、政務を終えるとすぐに戻ってくる。

食事をして休憩していたら、抱きかかえられてベッドに戻される有様である。

そしてまた濃密に愛撫されて彼の楔で貫かれ、揺さぶられて精を呑み込まされる。

疲れて眠るのはもちろんジークハルトの腕の中だ。そして目覚めると、キスされて愛撫され、また愛の営みが始まる。

新婚だからジークハルトは営みに夢中になっているだけで、すぐに飽きるだろうとアンネマリーは思っていた。

だが、そんな調子で一か月が経過すると、さすがに首を捻る。

ジークハルトがこんなにも絶倫だったとは知らなかったが、あまりにも度を超していないだろうか。

というより、昼夜を問わず夫の相手をしているので、ベッドから出る暇がない。

食事は部屋で取り、合間にバスルームに行くくらいだ。

結婚してからアンネマリーは夫婦の寝室からほとんど出ていないのである。

愛される喜びに満たされてはいるけれど、前世とのあまりの違いに疑問を持った。

それに、どんどん離婚から遠ざかっている気がするので、焦りが滲む。

すっかり日課となっている朝の情事を終えたあと、頬にキスをしてくるジークハルトに問いかける。

「ねえ、ジークハルト」

「もう一回かい？　私の花嫁は満足できなかったのかな」

「違うわよ……。わたし、結婚してからずっとベッドにいるのよね。なんだか息が詰まりそうだわ」

顔を上げたジークハルトだが、彼は懲りもせず、アンネマリーの耳朶を指先でくすぐっている。

「私に抱かれるのが嫌になったのかい？」

「そういうわけじゃないんだけど、気晴らしがしたいの。庭園を散歩してもいいかしら？」

「いいとも。私も一緒に散歩するよ」

ジークハルトも同行するのなら、ベッドにいるのと同じでは……と思った。

耳朶のくすぐったさに首を竦めつつ、アンネマリーは念のため聞き返す。

「あなたは政務があるのじゃなくて？」

「今日はさほどでもない。庭園を散歩するくらいの時間はあるよ。それとも……私と一緒にいると気晴らしができないのかな？」

こめかみにキスをしながら、彼は胸を揉んでくる。

この流れだと、また抱かれてしまう。ジークハルトはなにかと理由をつけて、いやらしいことを仕掛けてくるのだ。

慌てて剛健な肩に手をかけ、やんわりと押し戻した。

「わかったわ。一緒に散歩しましょう」

「そうだね。私の花嫁が転んだりしたら大変だから、エスコートさせてほしい」

過保護すぎるのではと思うが、とにかくベッドから出なければ始まらないので、アンネマリーは黙って頷く。

だが、ジークハルトは易々と解放せず、チュッと唇にキスをしてから身を起こした。

夫の愛が重すぎる……。

些か辟易しつつ、アンネマリーはベルを鳴らした。

すぐにクラーラがやってきて、散歩のために着替えることを伝える。

ジークハルトは別室で着替えるため、ローブをまとうと寝室を出ていった。

彼の背中を目で追ったアンネマリーは、ふうと溜息をつく。

「ジークハルトがこんなに執着が深いなんて思わなかったわ。いったいどうしてこうなったのかしら？」

独り言のつもりだったのだが、ドレスを用意したクラーラは笑顔で答える。

「陛下はアンネマリー様を大切にしていらっしゃるのですわ。ご夫婦の仲がよいのはとても喜ばしいことです」

「そうね……」

皇帝が皇妃を愛するのは、帝国にとってもよいことである。

だけど前世の記憶があるアンネマリーは素直に喜べないでいた。

このまま皇妃でいたら、いずれ毒殺されてしまう。

だから離婚して宮廷を去らなければならない。

それにジークハルトだって、アンネマリーを溺愛するのはたまたまなのだろうと思う。初夜が成功したので、その流れで営みを続けているだけなのだ。

そうよ……。転生したからといって、所詮はわたしはお飾りの皇妃なのだわ。

ベッドから抜け出したアンネマリーは冷静になった。

庭園を散歩したときに、改めてジークハルトと離婚について話そう。

侍女たちの手によって、パールホワイトのドレスに着替える。

清楚なドレスは皇妃としてふさわしいものだ。たとえ庭園を歩くだけといえども、だらしのない格好をすることはできない。

アッシュローズの長い髪がきっちりと高く結い上げられ、化粧が施されて支度が整う。

鏡に映るのは二十歳の娘ではなく、エーデル帝国の皇妃だった。

ちょっと老けて見えるみたい……。きっと、髪型のせいね。

もっと可愛らしい髪形のほうがよいのだけれど、皇妃としての気品を保たなければならないという事情がある。

だけど、どうせ離婚するまでのお飾り皇妃なのだから、気にすることはない。

それに格好が年嵩に見えるだけで、アンネマリーの肌は艶めいていた。こんなに肌が輝いているのは、ジークハルトから連日にわたり愛されているせいかもしれない。

そう思うと羞恥が湧いてしまい、アンネマリーの頬が薔薇色に染まる。

そのとき、別室で着替えたジークハルトが迎えにやってきた。

「我が花嫁の支度は整ったかな？」

彼は深い緑色のジュストコールをまとい、クラヴァットをふわりとなびかせていた。

黄金色の髪は綺麗に整えられており、先ほどの気怠い淫靡さはどこにもない。

ベッドでも雄々しくて魅力的だけれど、普段のジークハルトも美丈夫で麗しい。

皇帝が入室すると、アンネマリーを囲んでいた侍女たちはお辞儀をして、皇妃から離れる。

鏡台に歩み寄ったジークハルトは、背後から鏡を見やった。

「とても綺麗だ。あなたの美しさは国の宝だよ」

アンバーの瞳を煌めかせて褒めちぎるジークハルトに、こちらのほうが恥ずかしくなる。

アンネマリーは高く結い上げた髪にそっと触れる。

「髪型はどうかしら。散歩をするには、きっちりしすぎかもしれないな」

「そうだね。まとめ方が儀式用みたいではなくて？」

クラーラが「お直しをいたしますか？」と言って進み出る。ジークハルトが軽く手を振ると、彼女は頭を下げた。

ジークハルトの視線は、ずっと鏡の中のアンネマリーに注がれている。

「だが庭園といえども、宮廷に出入りしている貴族たちの目がある。皇妃らしい服装と髪形を求められるのも確かだ」

「そうよね。直したいわけではないの」

宮廷は礼儀作法を重んじる堅苦しい場所である。

散歩すら悠々とできないのはわかっていたことだ。

アンネマリーに恭しく手を差し出したジークハルトは、極上の微笑みを浮かべた。

「どんな髪形をしていても、あなたの美しさは変わらないよ。さあ、散歩に出かけよう」

「ええ、そうね」

ジークハルトは丸め込むのがうまい。そんな夫の手管に転がされるのも悪くはなかった。

はにかんだアンネマリーは、彼の手に自らの手を重ねた。

先ほど肌を合わせていたばかりのせいか、手をつないだだけで、火が点ったような熱がこもる。

だけど、流されてはいけないわね……。きちんと離婚の話をしなくてはならないわ。

部屋を出たふたりは豪奢な廊下を通る。

煌めくシャンデリアが連なり、鏡のごとく磨き上げられた大理石の床を輝かせていた。

ふたりを見かけた貴族たちは慇懃な礼をして、道を譲る。廊下の端に等間隔に立っている侍従たちも同じように礼をした。

庭園に出ると、爽やかな風が吹いて、心地よく頬を撫でる。

宮殿の広大な庭園は専属の庭師が手入れしているので、美しい景観が保たれていた。

コニファーの植木はまるで迷路のごとく続いている。道を通り抜けると、透明な飛沫(しぶき)を上げる噴水が現れた。

周囲には人がいないし、水音にかき消されるので、ここなら秘密の話をしても誰かに聞かれる心配はないだろう。

一息ついたアンネマリーは、つないでいた手をほどく。

すると、ジークハルトは違和感を覚えたかのように、つと眉をひそめた。

「疲れたかな？　ベンチに座ろうか」

首を横に振ったアンネマリーは率直に切り出す。

「わたしたち、離婚するのよね？」

しばしの沈黙を縫うように、水音が流れた。

壮麗な宮殿を背景にして、皇帝と皇妃は向き合う。

ジークハルトは表情を動かさなかった。

「そういった話を結婚式の前にしたね。だが、結婚生活を送ってみてから考えようという結論を出したはずだ。あなたはこれまでの暮らしで、夫である私に対してなんらかの不満を抱いたのだろうか」

「不満はないのだけれど……わたしは皇妃には向いてないと思うのよ」

一か月間、ジークハルトの妻として一緒に暮らしてみたが、彼への不満などない。

それどころか溺愛されてしまい、離してもらえないので、逆に困ってしまう。

喧嘩でもすれば簡単に離婚できるだろうと算段していたのに、完全なる誤算である。

このまま皇妃でいたら、いずれ毒殺されてしまうので、なんとしても離婚したい。

だがそうとは言えないので、アンネマリーは理由をこじつけた。

「向いていないというと?」

「ほら、宮廷は堅苦しいでしょう？　そういったところが苦手なの」

「先ほど髪形について言っていたね。自由な髪形や服装でいたいということかな」

「そう、そうなの！　もっと楽な格好をしたいわ」

皇妃がしきたりを守らないなどありえない。アンネマリーは皇妃の資質に欠けると察して、彼は離婚を受け入れるだろう。

ところが、ジークハルトは余裕の笑みで微笑んだ。

「それならば、避暑地に行こう。ふたりきりで自由にピクニックをしたり、ボートに乗れるよ。もちろん誰にも見られないから、好きな格好でいられる」

「そういう方向じゃなくてね……」

どうにか離婚に持っていきたいのだけれど、ジークハルトにそのつもりはないらしい。前世では見向きもしなかったくせに、どうして今さら夫婦仲を良好に保とうとしてくるのか。

もしかして、わたしが転生したことで、なにか変化が生じたのかしら？

確かにアンネマリーの行動によって、イルザがウェディングドレスを切り裂くのを事前に防げたし、初夜に政務があったはずのジークハルトが寝室を訪れるなど、変わってしまった点はある。

だけど、人は変わらないはずだ。

軌道から少々外れることはあっても、結局は同じような道筋を歩むものではないだろうか。

しかし考えてみると、前世のジークハルトだって離婚を望んではいなかったかもしれない。彼と話し合う機会がなかったので、なにを考えているのかわからなかった。

だからこそ、溺愛してくるジークハルトにいっそう戸惑ってしまう。

これじゃ、離婚できないわ……。絶対に毒殺されたくないのに！

エーデル帝国の法律では、皇妃が一方的に離婚することは許されない。必ず皇帝の承認が必要である。

つまり死なないためには、ジークハルトに離婚を認めさせなければならない。

焦るアンネマリーを、アンバーの瞳がじっくりと見つめていた。

すい、と掬い上げられた手の甲に、彼は接吻する。

気品に満ちた仕草に、どきりと心臓が跳ねた。

「私はこんなにあなたを愛しているというのに、この想いは届かないのだろうか。どんなにベッドにあなたを閉じ込めても、私の心は切ないままだ」

切なげに揺れる双眸で見つめられ、絆されそうになる。彼が紡ぐ愛の言葉は、アンネマリーの胸をときめかせた。

ジークハルトの愛がこんなに深いなんて……どうしよう。

彼に少しずつ惹かれてしまっている。

皇帝の愛を一身に受けるアンネマリーの困惑は、深まるばかりだった。

三章　避暑地での耽溺

庭園の散策を終えて、アンネマリーを侍女に預けたジークハルトは執務室へ向かった。

重厚なマホガニー製のデスクは趣がある。意匠が凝らされた椅子に座ると、窓から射し込む陽の光が眩い輝きを床に落としていた。

この執務室は歴代の皇帝たちが使用した部屋である。

室内は飴色の調度品でまとめられ、壁一面が書架で埋め尽くされている。

ジークハルトにとって落ち着く空間だが、一国の治世を背負っていると思うと気は抜けなかった。

デスクに山積みになっている書類に機械的に手を伸ばし、決済していく。

皇帝の仕事は無限のごとく存在した。

地方領主からの陳情、首都の治水工事計画について、来年度の国家予算の編成……。

それらすべての資料や報告書に目を通し、判を押す。全部を承認できるわけではないので、側近や大臣を呼んで詳しい説明を求めることも多々ある。必要とあらば視察をして、現場の声を聞いてから判断する。

生まれながらに皇帝となることが決められていたジークハルトには、始祖が建国したエーデル帝国をよりよいものに導いていく義務がある。それはすなわち、臣民が安心して暮らせる世の中を作り、守っていくことだ。

幸い、近隣諸国の君主に侵略の意思はなく、友好な関係を築いている。

だが、慢心はいけない。

常に国境には警備を敷き、万全な状態を維持している。

国内の経済状況は今のところ安定しているが、問題がないわけではない。

特に気にかかっているのは、国内で禁止薬物の売買が横行していることだ。大きな組織がかかわっているのは摑(つか)んでいるが、黒幕は尻尾を摑ませない。

結婚式を挙げた日に、アンネマリーが『今夜、なにかが起こる』という暗示をしたので、ウルリヒに訊ねてみたところ、なんとその夜は麻薬パーティーが行われるという噂があった。

だがあくまでも噂であるし、貴族が集うパーティーなので、兵を踏み込ませるのはいかがなものかとウルリヒは躊躇(ちゅうちょ)していたようだ。しかも結婚式があるので忙しく、報告が遅れた。

さっそく警察を手配するよう指示を出し、パーティーに参加した者たちを取り押さえ、売人を逮捕した。実にあざやかな流れで、事はすみやかに済んだ。

アンネマリーの暗示がなかったら、きっと事前に手を打つことはできなかったろう。パーティーが始まってから密告があろうものなら、処理に手間取ったはずだ。それに追われたジークハルトは初夜をこなせなかったかもしれない。

だが、捕らえた売人は組織の中でも末端の男だった。麻薬組織の上層部についてなにも知らず、黒幕が誰なのかは判明していない。

なんとしても黒幕を捕らえ、禁止薬物の流通を防がなければならない。

それにしても……と、ジークハルトは首を捻った。判を押した書類を、山になっているものに一枚加える。

アンネマリーのことが脳裏をよぎる。

彼女のおかげで麻薬パーティーを押さえ、売人を捕らえることに成功したわけだが、あれは予言のようなものなのだろうか？

不思議に思うのはその一件だけではない。結婚式のときから、アンネマリーは妙なことを言うようになった。

離婚がもっとも理解不能なものだ。彼女は好きな人がいるのを理由にしていたが、離婚したあとは刺繍屋になりたいと言う。好きな男と再婚したいとはひとことも言わず、男の存在はとても希薄だ。

明らかに嘘だとわかる。

ほかにも、皇妃に向いていないだとか、様々な理由をつけて離婚を要求してくるが、どれも腑に落ちないものばかりだ。

しかもベッドでは嫌がる様子はなく、ジークハルトの愛情を受けている。

嫌いだから別れたいというわけではないらしい。

とすると、いったいなんのために離婚したいのだろうか。

もしかして、皇帝には結婚前から愛人がいるという噂を本気にしているのか。確かに婚約してからも、娘を皇妃にしてほしいとおもねる貴族や大臣が後を絶たなかったが、いずれもきっぱり断っている。

愛人の噂はアンネマリーの耳にも入っているかもしれないが、ジークハルトは潔白だった。

生涯、愛するのはアンネマリーただひとりと決めている。

彼女の滑らかな肌、優しい顔立ち、唇から紡がれる甘い声。

どれもが愛しくて、庇護欲をかき立てる。もちろん外見だけでなく、穏やかで心優しい性格も大好きだ。

あまりにも愛おしくて、初夜から彼女を手放せなくなってしまった。

離婚など考えられない。

深い愛情を示せば、彼女にもそれが伝わるだろう。

「避暑地へ行こうという約束を果たさなければならないな。来月あたりがよいだろうか」

独りごちながら、粛々と決裁書類を片付ける。

アンネマリーは、宮廷の堅苦しいところが苦手だと言っていた。それもそうかもしれない。離婚理由として認めるわけにはいかないが。

宮廷が堅苦しいなら、羽を伸ばせばよい。

離婚を回避するためなら、いくらでもふたりの時間を作って、彼女と仲睦まじく過ごそう。

だが、もしかしたら……と、ジークハルトはふと思う。

結婚式の前に離婚を提案されていなかったら、これほど焦らなかったかもしれない。

アンネマリーを皇妃にしたなら安心して、政務に忙殺されていたのではないか。夫婦なのだからいつでも時間は作れると慢心していたかもしれない。

そう考えると、彼女から離婚を持ち出されたのは、よいきっかけだったのかもしれないと思えた。

やがて、決裁すべき書類は目途がついた。

一息つくと、タイミングよく執務室の扉がノックされる。扉の前に控えている侍従が「バッハシュタイン秘書長官です」と告げた。

「入れ」

命じると、冷徹な表情を浮かべたウルリヒが入室してきた。彼は慇懃な礼をすると、眼鏡のブリッジを押し上げる。

感情の起伏がない彼は印象どおりの切れ者である。ジークハルトが幼い頃から、ウルリヒは側近を務めているので、長い付き合いだ。彼とは親友でもあると、ジークハルトは思っている。だがそんなことを言おうものなら、彼らしい皮肉で返されるのは明白なので決して言わない。

決裁済みの書類の山を目にしたウルリヒは、さっそく疑問を口にする。

「陛下が仕事が早いのは周知の事実でありますが、いつもよりこなした書類の量が多いようですね。なにかございましたか？」

優秀な秘書長官は些細な変化でも見逃さない。

この男は皇帝の側近より、秘密警察の諜報員のほうが向いているのではないか。

理知的な眼鏡の奥の双眸を光らせるウルリヒを眺めつつ、ジークハルトは悠々と告げた。

「来月、アンネマリーと避暑地へ出かける。そのために仕事を片付けているのだ」

「避暑でございますか。……ですが、避暑の時期にはまだ早いかと」

「夫婦の仲を深めるためだ。アンネマリーは離婚したがっている」

ウルリヒは瞬きをひとつした。これが彼の動揺を表している。

聡明なこの男は、皇帝から得た情報を愚かにも漏らしたりしないという信頼があるからこそ、伝えたのだ。むしろ離婚を回避するためには、ウルリヒの協力が不可欠であるとジークハルトは考えている。

アンネマリーとは夫婦であるが、一般的な家庭とは異なる。

皇帝と皇妃が離婚するとなれば、帝国を揺るがす一大事になる。大仰ではなく、歴史が変わってしまうかもしれないのだ。

彼女を愛しているから手放したくないのも本音だが、帝国のためにも、なんとしても離婚は回避したい。そのためにはジークハルト自身が奮起するのはもちろんとして、側近や周りの味方の力も借りなければならない。

「結婚したばかりではありませんか。理由はなんでしょう？」

「それがわからないから焦っている。彼女は結婚式の直前に、離婚したいと言ってきた」

「マリッジブルーというものではないでしょうか」

「いいや。明確な理由がある。アンネマリーと話していて、そう感じる。だがそれがなにか、彼女は私に教える気がないらしい」

話を聞いたウルリヒは珍しく眉をひそめた。

彼にとっても理解不能なようだ。

「妙ですね。皇妃殿下は陛下を嫌っていません。離婚を望む妻というのは、なにかしら夫に不満があるので、黙っていても刺々しさが滲み出ているものです」

「詳しいじゃないか。ウルリヒは独身だろう」

「わたくしは数々の離婚した夫婦を見てきたものですから。わたくしの両親も、そのうちの一組です」

「なるほど。そうだったな」

彼は家庭の事情を話したことなど一度もないが、子どもの頃に両親が離婚して貴族の父親に引き取られ、厳しい教育を受けたということは知っている。ウルリヒを秘書長官に推薦した伯爵が語っていたのだ。

書類の山を持ったウルリヒはきまりが悪そうでもなく、平然として「書類をお預かりいたします」と言った。

だが彼は退出する前に、眼鏡を煌めかせる。

「皇妃殿下が離婚したいとおっしゃるのは大変不可思議です。もしかすると、なんらかの特別な事情があるのかもしれませんね」

「そうだな。私もそう思う」

ウルリヒは隣の秘書室へ姿を消した。

ぱらぱらと書類が捌かれる小気味よい音を耳にしながら、ジークハルトは指先を顎に当てる。

アンネマリーが離婚を望む特別な事情とは、いったいなんだ？　彼女が秘密にしたいのなら、無理に聞き出すことはしないが、それにしても気になる……。

考えてみたところで答えは出ないので、ジークハルトは再び書類の山に手を伸ばした。

エーデル帝国の首都から遠く離れた南部に、湖畔の町ミシュルはある。

夏になると貴族たちが避暑に訪れる湖畔には、壮麗な別荘が建ち並んでいた。

馬車の窓から見える優美な景色を眺めていたアンネマリーは、ほうと感嘆の息をつく。

爽やかな風が吹く湖は陽射しを受けて、エメラルドに輝いている。萌葱（もえぎ）色の葉を伸ばす木々や、麗しい花が湖を彩っていた。

まるで絵画のような美しい世界だ。

「素敵ね……。ミシュルを訪れたのは久しぶりだわ。また来られるなんて思わなかった」

アンネマリーが幼いときに家族で避暑地を訪れたときは、イルザが文句を言い通しで楽しむどころではなかった。転生前はもちろん避暑地を訪れる機会なんてなかったので、ゆっくり景色を眺められるのは僥倖（ぎょうこう）だ。

向かいに腰かけたジークハルトは、優雅に手をかざす。

「私も久しぶりだよ。ミシュルは歴代の皇帝たちが避暑地として訪れていたところなのだが、私は帝位に就いてからは忙しくて来ていなかった。今回はアンネマリーとの避暑を実現できてよかった」

眩い陽射しが、彼の黄金色の髪を煌めかせている。溢れるほどの神々しさを目の当たりにして、アンネマリーは柔らかく微笑んだ。

「わたしも嬉しいわ。まさか本当に避暑地に行けるなんて思わなかった。だってジークハルトはとても忙しかったでしょう？」

「それゆえ、避暑のために山積みになっていた政務をこなした。ミシュルに滞在している間は、ふたりきりでゆっくり休暇を過ごそう」

「ええ、そうね」

ジークハルトは連日にわたり、執務室にこもっていた。執務室から出てきたと思うと、会議に出席したり、街へ視察に出かけていた。

アンネマリーは働きすぎではないかと声をかけたが、彼は微笑むばかり。

だが、それらはすべて避暑のためだったのだ。

わたしと過ごすために……？　でも、無理はしてほしくないのだけれど。

ジークハルトの近くにいてわかったが、帝国を維持するための皇帝の政務は、アンネマリーが想像する以上に激務だった。そんなことすら初めて気がついた。改めて、前世のアンネマリーは自分の気持ちしか考えていなかったのだと思い知らされた。

もしかして、前世で私にかまってくれなかったのは、政務が忙しかったせいなのかしら……？

本当は、ジークハルトに嫌われていなかったのかもしれない。

だって彼はこんなにも優しいし、アンネマリーのことを思ってくれている。

離婚前提ではあるけれど、避暑地ではジークハルトにゆっくり休んでもらうためにも、今後についての話は封印しようとアンネマリーは思った。

やがて馬車は皇族の所有する別荘へ辿り着いた。

丘の上にひっそりと佇む邸宅は、湖を見下ろせる場所にある。

「さあ、着いたよ。バカンスの始まりだ」

馬車から降りたジークハルトは、優雅にてのひらを差し出してエスコートする。

アンネマリーは彼の手を取り、瀟洒な別荘を見上げた。

白亜の邸宅は緑に囲まれており、落ち着いて過ごせそうな環境だ。ほかに建物はなく、風が葉を揺らす囁きしか聞こえない。

振り返ると、丘からは絶景が見渡せる。湖はきらきらと光り輝いていて、その周囲には貴族の別荘が点在していた。遠くには山々が連なり、蒼穹が広がる。

自然の雄大な美しさに、アンネマリーは目を細めた。

「綺麗……。静かだから、ゆっくりできそうね」

「この周辺はすべて皇族の所有地だから、誰も出入りしない。それに別荘の管理人と料理人しかいないから、ほぼ私たちふたりだけだ」

今回の避暑では、ジークハルトが最低限の護衛のみしか必要ないと言ったので、側近のウルリヒや侍女のクラーラさえも同行していない。

宮廷では常に侍女や侍従が付き従っていて、なんでもやってくれる。慣れてしまえば気にならないのだが、いつでも傍に人がいるのは気疲れすることもある。

だが彼らがいないとなると、着替えを手伝ってもらえないし、扉も自分で開けなければならないのだ。アンネマリーはともかく、生まれたときから皇太子であるジークハルトにそれが耐えられるのだろうか。

アンネマリーは、そっとジークハルトに耳打ちした。すでに護衛は姿の見えないところに行ったので、辺りには誰もいないのではあるが。

「ジークハルト……侍女や侍従がいないということは、あなたが扉を開けなくてはならないのよ？」

「そうだね。私にだって、扉を開けることくらいはできるよ」

「それに、身の回りの世話をしてくれる人がいないと、いろいろと困るのではなくて？」

微笑みを浮かべたジークハルトは、嬉しそうに双眸を細める。高身長の彼は体を傾けて、アンネマリーが耳打ちしやすい姿勢になった。

「心配いらない。私がお茶を淹れたり、あなたの靴を履かせるよ」

「そ、そんなこと、皇帝のジークハルトにさせられないわ！」

びっくりして、目を見開く。

皇帝であるジークハルトが困るのではないかと心配したのに、アンネマリーのほうが侍女がいなくて不自由すると思われたようだ。

「今は避暑だから、私を皇帝として扱うのではなく、夫として見てほしい。妻をいたわるのも、夫の役目だ。アンネマリーの身の回りの世話を私がしても、なんら不思議はないだろう？」

「そうかしら……。わかったわ。ジークハルトが望むのなら、そうしましょう」

避暑地では皇帝という重すぎる肩書きを下ろしたいのかもしれない。ジークハルトが悠々と過ごせるように、彼を皇帝陛下として敬うのは、ここでは控えようとアンネマリーは思った。

彼の耳元から顔を離すと、ジークハルトは片眉を跳ね上げる。

「おや。内緒話は終わりかな？」

「誰もいないのに、耳打ちしなくてもよかったわね」

「私はぜひ、耳打ちしてほしいね。あなたの囁きは、草原の風よりも爽やかで心地よい」

「ふふ。わたしの夫はお世辞が上手なのね」

「お世辞ではないよ。本心だ」

ふたりで笑い合っていると、涼しい風が吹き抜けた。

邸宅から管理人がやってきて挨拶すると、馬車から荷物が下ろされる。

ジークハルトが肘を出したので、アンネマリーは彼の腕に手を絡ませる。楽しい休暇の始まりに心を躍らせながら、ふたりは別荘に入った。


別荘の室内は木のぬくもりに溢れていた。

鳶色の柱は趣があり、漆喰の白い壁に心が安まる。調度品はいずれも落ち着きのあるもので、宮廷のような華美さはない。

リビングのソファに腰を下ろしたアンネマリーは、窓から見える景色を眺めた。

庭木の緑が瑞々しく、目を癒やしてくれる。薄紫色のライラックが美しく咲き誇り、庭に彩りを添えていた。

ふと室内に目を向けると、ジークハルトが紅茶を淹れている。

ポットを手にする皇帝の姿に、慌てたアンネマリーは腰を浮かせた。

「ジークハルト……！」

「どうかしたかい？　もうすぐあなたに極上の紅茶を提供できる。楽しみにしていてくれ」

茶目っ気たっぷりに片目を瞑るジークハルトを目にして、アンネマリーは浮かしかけた腰をソファに戻す。

皇帝ではなく、夫として見てほしいとお願いされたばかりだった。

ジークハルトがお茶を淹れるなんて、生まれて初めてではないかと思うのだが、彼は優美な手つきでポットからふたつのティーカップに飴色の紅茶を注いだ。

それはまるで名匠が描いた絵画のごとく、類い希な美しさに溢れていた。

紅茶を淹れたジークハルトはティーカップのひとつをソーサーごと、アンネマリーの前のテーブルに、すっと差し出す。

「どうぞ、召し上がれ」

さすがは生まれながらの貴公子なので、所作が優雅で如才ない。

「ありがとう、いただくわ。皇帝……ではなくて、夫が淹れてくれた紅茶を飲めるなんて、わたしは幸せ者ね」

皇帝と言いかけて訂正すると、ジークハルトは楽しげに笑った。

「私も幸せ者だよ。愛する妻が傍にいてくれるのだからね」

彼の麗しい声で『愛する妻』なんて言われると、なんだか気恥ずかしくなってしまう。

ティーカップの取っ手に指先を絡めたアンネマリーは、紅茶をひとくち含んだ。

芳しい香りが、ふわりと広がる。いつも飲んでいる紅茶と同じ銘柄なのに、格別に美味しく感じた。

「美味しいわ……。きっとジークハルトの淹れ方が上手だからね」

「そう言ってもらえると嬉しいな。では、私も飲んでみよう」

もうひとつのティーカップを手にしたジークハルトは、アンネマリーの隣に座った。

ソファはふたりが座っても充分な広さなのだが、なぜか彼はアンネマリーに肩を寄せてくる。

どうして、くっつくのかしら……？

不思議に思ったが、たまたまかもしれない。かすかに彼の肩が触れるのは、ちっとも嫌ではなかった。

自らが淹れた紅茶を飲んだジークハルトは、極上の音楽を聴いたときのように目を閉じ、感嘆に浸る。

「自分で淹れた紅茶というものは、こんなにも美味なのだな。素晴らしいバカンスの始まりを感じるよ」

「ふふ。きっと素敵な休暇になるわ」

「そうだろうとも。明日はピクニックをしないか？　丘の上には東屋がある。そこからの眺めはここ以上の絶景だ」

「ぜひ行きたいわ。ピクニックなんて初めてよ」

「よし。さっそく料理人にサンドイッチを頼もう。ミートパイもいい。なにしろ侍女はいないのだから私が自分からキッチンに行かなくてはならないのだ」

立ち上がったジークハルトは嬉々としている。

なんでも自分でこなすという状況を、彼は楽しんでいるようだ。

微笑んだアンネマリーは「わたしも行くわ」と言って、ついていった。

皇帝と皇妃の夫妻は、いそいそとキッチンへ赴き、料理人を驚かせたのだった。


翌日のミシュルは快晴だった。

蒼穹に棚引く白練(しろねり)の雲が美しい。陽光を受けた朝露が奇跡的な輝きを放っている。

カーテンを開けて窓の外を眺めたアンネマリーは、期待に胸を膨らませた。

今日はジークハルトとピクニックへ行く予定だ。

ベッドに目を向けると、黄金色の髪が枕に広がっていた。ジークハルトはまだ眠っている。

そっと彼に近づき、囁きかける。

「起きて、ジークハルト。今日はピクニックに行くのでしょう？　とてもいいお天気だわ」

「……キスしてくれたら起きる」

「もう。しょうがない旦那様ね」

いつもなら眠っているアンネマリーにキスを仕掛けてきて、それからセックスをすることも多いのに、今日に限ってジークハルトは寝坊して甘えてくる。

休暇のために頑張って政務をこなしたのだし、別荘へ到着して疲れが出たのかもしれない。

今日は休ませてあげたほうがいいのかしら……。でも、ピクニック用のバスケットは頼んであるのよね。

迷っていると、目を閉じているジークハルトの瞼が、ぴくりと動いた。

「ん？　目覚めのキスはまだかな？」

「どうしようかしら……」

「なんと。呪いがかけられた私はアンネマリーのキスでしか目覚めないのだ。キスしてくれないと、私は永遠に眠り続けてしまう」

完全に覚醒しているようだが……。

必死にキスを求めるジークハルトが可愛らしいと思ってしまう。

くすりと笑いを零したアンネマリーは、身を屈める。

黄金色の睫毛に、そっとくちづけた。

ぱちぱちと瞬きをしたジークハルトは、あまり嬉しそうではない。

「今のキスは、触れたか触れていないかくらいなのだが？」

「あら。朝から濃厚なキスを求めているの？」

「もちろん。愛する妻とのキスはいつだって深いものを私は求めているよ」

微笑みを浮かべたジークハルトが両手を広げる。

まるでそこに飛び込んでこいと言わんばかりに、彼は強靱な腕を伸ばしていた。

アンネマリーは悪戯な腕に囚われないよう、ちょんと彼の鼻を指先で突く。

「深いキスはおあずけね。ピクニックに行こうと誘ったのは、あなたなのよ。もうとっくに呪いは解けているようだから、ベッドから起き上がってちょうだい」

そう言って捕まらないように身を翻すと、ジークハルトは渋々といった体でベッドから身を起こした。

アンネマリーは鼻歌を歌いながら、クローゼットから夫のシャツを取り出す。

普段は侍従が用意するのだが、なにしろひとりもいないのである。妻が夫の着替えを用意するなんて、まるでふつうの夫婦のようだ。改めて、ふたりは特殊な環境の夫婦なのだとアンネマリーは思った。

こうしていると、新鮮な気持ちになるわ……。

ジークハルトとふたりきりで過ごせることが、とても貴重な時間に思える。

彼とふつうの夫婦のように接したことが、これまでなかったからかもしれない。

この時間を大切にしようとアンネマリーは心に刻んだ。


着替えを済ませたふたりは朝食をともにし、ピクニックへ出かけるために扉を開けた。

アンネマリーは若草色のワンピースを着て、髪は下ろしている。まるで町娘のような気楽な格好だ。

料理人から手渡されたバスケットは、ジークハルトが持っている。眩い純白のシャツにポロパンツをまとった彼は、空いたほうの手をアンネマリーとつないだ。

「さあ、出かけよう。鳥の声が出迎えてくれているよ」

「ええ。とても美しい響きが聞こえるわ」

別荘を出ると、清涼な空気に包まれる。

そこかしこから鳥のさえずりが聞こえてきて、緑は陽光に煌めいていた。

別荘から少し歩くと、丘をぐるりと取り囲むように道が伸びている。丘一帯が皇族の所有地のため、ほかに観光客はいない。誰の目も気にせず、ふたりはのんびりと景色を楽しみながら散策した。

「アンネマリー。疲れないか？」

「いいえ、平気よ。ジークハルトこそ、疲れていない？」

「私は普段から剣の稽古をしているから、鍛えている。ずっとあなたを抱きかかえられるくらいには力があるよ。だから疲れたら遠慮なく言ってほしい」

「ふふ。頼もしいわね」

　彼の大きなてのひらから伝わる熱が、じんわりと肌に染み込むようだった。

　熱を通して、ジークハルトの頼もしさも感じる。それは大きな信頼感をもたらした。

　冗談ではなく、彼は本当にアンネマリーを抱きかかえたまま丘を巡ってしまいそうだ。それくらいの強靱さをジークハルトは兼ね備えている。

　だけどアンネマリーだって、丘を散策するくらいの体力はある。

　それに避暑なので、着ている服はワンピースだ。足元はヒールではなく、歩きやすい靴を履いている。さらにボンネットの帽子を被っているので、陽射しを遮ることができる。

　歩き続けていると、少しずつ目に映る景色が変わる。眼下に広がる湖は場所によって違った表情を見せた。

　鳥のさえずりを耳にしながら、ふたりは時折言葉を交わした。

「自然の緑が目に優しいね」

「そうね。とても目が潤うわ」

「あなたのドレスも緑色だから、よく馴染んでいるよ。妖精にさらわれてしまわないよう、気をつけないとな」

アンネマリーは苦笑を零した。

若草色のワンピースには白いフリルがついていて、ボンネットもお揃いの生地で作られている。避暑に合わせた装いなのだが、まるで景色に溶け込んでしまいそうなカラーではあった。

「そんなことないわ。だってわたしは……」

お飾りの皇妃だもの。妖精だって必要としない――。

そう言いかけたアンネマリーは、喉奥で言葉を呑む込む。

どうして自分はそんなことを思ったのだろう。

この楽しい休暇に、そんな後ろ向きなものはふさわしくないのに。

ふとしたとき、心の奥底にこびりつく悲しみが滲んできてしまう。

もう、前世は終わったのよ。確かに、わたしはずっと皇妃ではいられないけれど……。

戸惑っていると、続く言葉を待っているジークハルトがこちらに目を向けた。

「どうしたんだい?」

「あ……わ、わたしはあなたの妻だもの」

その答えを聞いたジークハルトは、蕩けるような笑みを見せた。

ぎゅっと、彼はつないだ手に力を込める。あくまでも優しく、妻の手を握り潰したりしないように配慮をした力加減だった。

「アンネマリーは私が守るから、安心していい」

「え、ええ……そうね」

ジークハルトは思いやりがあって、頼りがいのある男だ。皇帝としてはもちろんのこと、夫としても申し分ない。

でも、離婚しなければならないのよね……。

休暇中はそのことは口にしないと決めたので、彼と離婚について話を進めることはしないけれど、ふと頭を掠めた。

憂鬱に感じてしまうのは、どうしてだろう。

あんなに離婚を願っていたはずなのに。毒殺を回避するためなのに。

鬱々としてきた気持ちを振り払うため、アンネマリーは俯きかけていた顔を上げた。

そんな彼女を、ジークハルトはそっと見つめていた。


丘を散策したあとは、東屋で昼食を取る。

ジークハルトの言ったとおり、東屋から眺める景色は想像以上の絶景だった。遥か彼方まで山々の稜線が見渡せ、空が広い。丘の下に広がる湖はとても小さく見えるのに、きらきらと光り輝いていて、その存在を示している。

まるで天空にいるかのようで、爽快な気分になる。

円形の東屋は石造りの長椅子があるのみなので、ふたりはそこに並んで腰かける。ボンネットを外すと、リボンがふわりと風になびいた。

バスケットを開けたジークハルトはサンドイッチの入った包みを取り出し、それをアンネマリーに手渡す。

「外で食べるなんて初めての経験だわ。なんだか不思議な気分ね」

「なぜか屋外の食事は美味しいんだ。景色を見ながら食べるのは貴重な経験だな」

「ジークハルトは外で食事したことがあるの？」

訊ねたアンネマリーは、サンドイッチが包まれていた布を開く。

パンには美味しそうな鴨肉とレタスが挟んである。

ジークハルトは豪快にサンドイッチにかぶりついた。普段なら行儀が悪いと思いがちなのに、彼がそうすると、なぜか雄々しい魅力が溢れる。

「あるよ。皇太子時代に、教師が厳しすぎて脱走したことがあるんだ。宮殿の裏庭に隠れて、厨房からくすねたパンを頬張っていた」

「まあ！　そんな黒歴史があったなんて、意外ね」

いつだってジークハルトは完璧な皇太子で、アンネマリーの憧れの人だった。聡明な彼を、将来は素晴らしい皇帝になると誰もが褒め称えていたものだ。

それなのに授業を逃亡し、隠れてパンを食べていたなんて逸話は、きっとごく近しい者しか知らないだろう。

サンドイッチを咀嚼(そしゃく)するジークハルトは、苦笑いを零す。

「そのパンが美味しくてね。どんなに豪勢な晩餐会の料理でも、あのときのパンの味には敵わない。不思議なものだ」

「ふふ。もしかしたら、秘密のパンだけがジークハルトの気持ちをわかってくれたのかしらね」

「そういうことだろうね。秘密とは、かくも美味なものだ」

ふたりは声を上げて笑い合った。

バスケットの中身はたくさんある。ミートパイにクランベリーのタルト、スコーンにはたっぷりのクロテッドクリームをのせて。いずれも片手で手軽に食べられるものばかり。

カップに入れられたオニオンスープを飲みつつ、ふたりはすべてを平らげた。

「美味しかったわ。なんだか秘密のパンの味がわかった気がするの」

「秘密のパンの話は、私たちだけの秘密だよ」

ジークハルトは最後に、バスケットに残ったアイスティーのカップを差し出す。

陶器製のカップに入ったアイスティーを、アンネマリーは両手で持った。

食後のアイスティーが心地よく喉を流れていく。

「もちろんよ。わたしは誰にも言わないわ。……でも、当時の教師は知っているのではなくて？」

「それが、時間が経ってから私は何食わぬ顔で部屋に戻ったのだ。厨房ではパンが消えたと、料理人が首を捻っていた。私が裏庭に隠れてしていたことは、誰も知らない。アンネマリー以外はね」

片目を瞑るジークハルトはまるで、悪戯っ子のよう。

そんな彼が愛おしく思えて、アンネマリーの心は軽やかに弾む。

「それじゃあ、わたしたちだけの秘密を永遠に守らなくてはいけないわ。だって皇太子時代の皇帝陛下が秘密のパンを食べたなんて話が広まったら、帝国のお伽話として語り継がれてしまうもの」

「そうなると私としては、些か不名誉だな。どうせ語り継がれるなら、偉業を成し遂げた皇帝として……おっと、ここでは私は皇帝ではなかった。この話はやめにしよう」

微笑んだアンネマリーは頷いた。

休暇中のジークハルトは、アンネマリーの夫としての顔だけしか持たないのだ。

「そろそろ戻りましょうか。……あら？」

風が出てきたので、ふと空を見上げる。

先ほどまでは晴れていたのに、曇天が広がっていた。陽射しが隠れたので心なしか湖が鈍色(にびいろ)に見える。

「雨が降りそうだ。山の天気は変わりやすい。このまま東屋で雨を凌ごうか」

「ええ。そうしましょう」

強い風が吹きつけたと思ったら、天から大粒の雨が落ちてきた。

瞬く間に山の景色が白く煙り、雨音しか聞こえなくなる。

東屋のドームが雨を防いでくれるが、細やかな雨粒が風にのって吹き込んできた。

「けっこう風があるね。こちらにおいで」

ジークハルトの強靱な腕が肩に回され、引き寄せられる。

アンネマリーは雨を避けるため、彼の剛健な胸に身を寄せた。

ぴたりとふたりの体が密着する。

外気はひんやりしているのに、ジークハルトの体はとても温かくて心地よい。

触れている彼の手や、硬い胸板の感触に、どきどきと鼓動が高鳴っていく。

そのとき耳元で、甘やかな低い声が紡がれた。

「すぐにやむだろう」

「ええ……そうね」

「だが私は、もうしばらくはこの雨がやまないでほしいと願っている」

「……え？」

アンネマリーが目を瞬かせると、すぐに精悍な顔が近づいた。

優しく触れ合った唇は、雨の香りに溶け込んでいく。

ちゅ、ちゅと雄々しい唇が、バードキスをする。唇を啄まれたアンネマリーは、くすぐったさに口元を緩めた。

その隙に、ぬるりと生温かいものが唇を辿る。

薄く唇を開くと、ジークハルトの獰猛な舌がもぐり込んだ。

深いキスの訪れに、胸が弾む。雨音が遠くに聞こえた。

肉厚の舌は歯列を辿り、敏感な口蓋を突く。

「んっ……」

ずくん、と腰の奥が疼いた。

するとジークハルトは、口蓋を何度も舌で突く。

そこに触れられると、体に甘い芯が通ったように快感が湧いてしまう。

舌で突かれるたびに、ぴくん、ぴくんと肩が跳ねた。

「あっ……ふ……ん、ふぅ……」

淫らなキスに、体は熱を帯びていく。

くずおれそうになるが、アンネマリーの体は逞しい腕により、しっかりと抱きしめられていた。

淫靡なキスは延々と続けられ、舌根を掬い上げられる。

舌を搦め捕られて、濃密に擦り合わせる。敏感な粘膜が擦られて、ぶわりと全身に火が点されたように熱くなる。

「ふっ……ふぅ……んくぅ……」

飲み込み切れない唾液が口端から零れ落ちる。

ジークハルトの巧みなキスに、アンネマリーは翻弄された。

クチュクチュと淫靡な音色を奏でて、濃密なくちづけは続けられる。雨音の旋律の中で交わされるキスは、永遠のような尊い時間だった。

ようやく唇が離されると、互いの唇を銀糸が伝う。まるで繊細な雨のごとき煌めきをまとって。

アンネマリーの翡翠色の瞳は、とろりと蕩けていた。それをジークハルトは愛しげに双眸を細めて見つめる。

「ここで抱きたい。いいかな?」

求められて、かぁっと頬が熱くなる。

屋外で行為に及ぶなんて初めてのことだ。そんなに淫らなことを外でしてもよいものだろうか。

「え、でも、誰かに見られたら……」

「ここには誰も来ないよ。それに、雨のカーテンが隠してくれる」

ジークハルトは愛おしげに、アンネマリーの頬をそっと指先でなぞる。

その感触にも、淫靡な感覚が高まっていく。

確かに、この丘の一帯はすべて皇族の敷地なので、誰も踏み込まない。それにこの雨では、屋外に出ている人はいないだろう。

「ふたりきりの秘密だ」

チュ、と頬にくちづけられ、笑みが零れる。

すでに体は昂っている。アンネマリーとしても、このまま帰れそうになかった。

ふたりきりで秘密のことをしたいという欲求が胸のうちから湧き起こる。

「いいわ……。わたしたちだけの、秘密ね」

「そうだとも。秘密のパンよりも素晴らしい思い出になることは間違いない」

彼の唇が頬から首筋に伝い下りていく。

初夏の雨粒よりも優しく、しっとりしたくちづけに、甘い吐息が零れた。

大きなてのひらが、ゆるりとワンピース越しに膨らみを揉み込む。

柔らかな刺激が胸から体を駆け巡り、全身に甘い痺れが広がっていく。

ジークハルトの空いたほうの手が背中に回り、ファスナーを静かに下ろす。

すると、緩んだワンピースがはらりと捲れて、白い肌がさらされた。シュミーズは着ているけれど、胸元は大きく開いている。

チュ、チュと胸元に吸いつかれ、ほのかなキスの疼きを感じる。

「あ……だめ。痕がついてしまうわ」

抵抗するような仕草でジークハルトの肩をやんわり押すと、彼は胸元に伏せていた顔を上げた。

その目には情欲が宿っている。

獰猛な雄に呑み込まれる感覚がして、ぞくんと体の芯が疼いた。

「それじゃあ、見えないところへのキスならいいかな」

ジークハルトの手が、シュミーズの肩紐にかけられている。

まだ胸のすべてはさらされていない。襟刳りが広くとられているシュミーズは、乳房を包み込んでいる。

屋外で露出するなんて恥ずかしいけれど、この秘め事を楽しみたいという欲求が湧いていた。

羞恥に頬を染めながら、アンネマリーはこくりと頷く。

「ええ……見えないところなら、いいわ」

するりと、シュミーズの肩紐が外された。

まろびでた双丘の先には、鮮やかな赤い実が熟している。

ジークハルトはうっとりとした眼差しで、たわわな果実を見つめた。

「なんという神秘的な美しさだ……。まるで奇跡的に実った果実のようだね」

「恥ずかしいわ……」

「恥ずかしがるあなたも魅力的だ」

艶然と微笑んだジークハルトは胸元に顔を寄せる。

だがすぐには乳首を口に含まず、柔らかな乳房に吸いついた。

チュウゥ……と、きつく吸われると、赤い花びらが散ってしまう。

彼はてのひらでやんわりと両の乳房を揉みながら、いくつもの花びらを刻んだ。

甘い快感が広がり、アンネマリーは陶然となる。

「あ……あん……はぁ……」

降りしきる雨は、白い紗幕のごとく秘戯を覆い隠す。

背徳感が雨に濡れて体に染み込み、さらなる官能を煽(あお)った。

たっぷりと愛でられ、体から力が抜けて蕩けていく。

そのとき、チュウッと胸の頂に吸いつかれた。

「あっ！　んあっ……」

強い快楽が体を走る。

まるで甘い芯を引き抜かれたような衝撃に、アンネマリーは背を反らす。

そうすると、もっとというように胸が突き出された。

ジークハルトは肉厚の舌で乳首を捏ね回すと、また強く吸い上げる。

達したかのような悦楽を得てしまい、びくびくと体が跳ねた。

「あっ、あぁ……ジークハルト……」

彼はもう片方の尖りも同じように愛撫する。

乳暈ごと口中に含むと、吸い上げて、ねっとりと舌を絡めて捏ね回し、また音を立てて吸う。

しかも乳房は大きなてのひらに包まれて、やわやわと揉み込まれている。

アンネマリーの秘所から、じゅわりと愛蜜が滲み出したのを感じた。

屋外での行為という背徳感からか、ベッドの中より感じやすくなっているのかもしれない。

ようやくジークハルトが唇を離したときには、すでに息が上がっていた。

ぐったりして東屋の柱に寄りかかるアンネマリーの髪を、大きな手がかき上げる。

「達したね。このくらいにしておくかい？」

問われたアンネマリーは、ゆるゆると首を横に振った。

このまま終わるなんて、できない。火が点った体は快楽を求めている。

彼の凶暴な楔に貫かれなければ、この火照(ほて)りは収まりそうになかった。

「だ、だめ……」

「なにがだめ？」

問いかけながら、妖艶な笑みを浮かべたジークハルトはポロパンツの前立てを寛がせている。彼もここでやめようというつもりはなく、アンネマリーの口から『ほしい』と言わせたいのだ。

意地悪な夫に唇を尖らせるけれど、嫌ではない。それもセックスを盛り上げるためのエッセンスなのだ。

だけど素直に『ほしい』なんて言えなくて、アンネマリーは目を逸らす。

「ええと……やめるのは、だめ」

「続けたい？」

アンネマリーは、こくりと頷いた。

そっと目をやると、ポロパンツに包まれている彼の中心は窮屈そうに布地を押し上げている。

「ジークハルトも、そうでしょう……？」

フッと笑った彼だが、切なげに眉宇を寄せた。

「もちろん。美しいあなたを前にして、ここでやめるなんてできそうにない」

かなりつらい状態らしい。

彼を楽にしてあげたい。そして気持ちよくしてもらった分だけ、彼にも愛を返したかった。

アンネマリーはそっとジークハルトの強靱な腕に手を添える。

「わたしからも、あなたを愛撫していいかしら……？」

「うん？　もちろんよいが、どうするんだい」

するりと手を伸ばし、ポロパンツの前立てに触れる。

普段ならこのようなはしたないことはできないが、避暑地の屋外という場所のせいか、大胆になれた。

少し触れただけで、解放された楔がそそり立つ。

天を衝いた雄芯は極太で、笠が張っている。ジークハルトの涼しげな容貌に似つかわしくない凶悪な肉棒を目にして、こくんと唾を飲み込む。

そうっと楔に手を添えて、ゆるゆると扱いた。

雄芯を愛撫するのは初めてなのだが、これでよいのだろうか。上目でジークハルトを見やると、彼は感激したように吐息を零している。

「ああ……アンネマリー、こんなことをするなんて、あなたはいけない妻だ」

「だめかしら？」

「いいや、だめではないよ。もっとしてほしい」

男性は雄芯をさわったり、舐められたりすると心地よいのだ。

だけど椅子に並んで座っている体勢なので、やりにくい。

アンネマリーが腰を浮かせたり、また座り直したりと位置を調整しているのを見て、ジークハルトは立ち上がった。

「向かい合わせになったほうが、やりやすいかな」

「そうね」

彼はアンネマリーの正面に佇む。そうすると、彼のそそり立つ雄芯が、座っているアンネマリーの口元に近づいた。

誘われるように、極太の先端を舌で舐める。

すると、ぴくりと楔が動いた。

ジークハルトは恍惚の表情を浮かべている。気持ちがよいらしい。

彼がいつも愛撫してくれるのと同じように愛したい。

ぬるぬると幹の裏筋を辿り、また先端へと到達する。たっぷりと括れを舐め上げてから、大きく口を開けて先端を咥え込む。

「うっ……いいのかい？」

「ん……気持ちいい？」

「ああ、すごく、いいよ」

ジークハルトの声が掠れている。気をよくしたアンネマリーは喉奥まで幹を呑み込み、ジュプジュプと口中で扱いた。

先端が喉奥を突く感触が心地いい。それでも大きすぎる雄芯のすべては呑み込み切れなかった。舌を絡め、頬裏で懸命に擦り上げていると、頭上で切迫した声が漏れる。

「っく……もういいよ。離してくれ」

肩に手をかけられ、腰を引かれてしまう。

口腔から出ていった愛しい楔を、アンネマリーは名残惜しげに見つめた。

「もういいの？　もっとジークハルトを愛したいのに」

「あなたの気持ちはとても嬉しい。だけどこれ以上、その可愛らしい唇で口淫されたら、暴発してしまいそうだ。私はあなたの体の奥に放ちたい」

「わかったわ。でも、ここでどうやって……？」

ベッドではないので、どういった体位で行えばよいのだろうか。

首を傾げていると、ジークハルトに胴を支えられて立ち上がる。

「ここを摑んで、景色を見ていてくれるかな。少し脚を開いてくれると助かるよ」

「え……こうかしら？」

東屋の手すりに、アンネマリーは両手をかけた。

相変わらず雨はやまないので、湖は白い霧に煙っている。

言われたとおりに脚を開くと、背後でジークハルトが屈んだ気配がした。

どうするのだろうと思っていると、ふわりとスカートが揺れる。

ぬるりと、花襞が舌先で舐め上げられた。

淫猥な濡れた感触に、びくんと肩が跳ねる。

「きゃ……！」

「おっと、動かないでくれ。今、あなたに動かれたら、私は転んでしまう」

なんとジークハルトはスカートの中に忍び込んで、秘所を愛撫しているのだ。

確かにアンネマリーが避けようとしたならば、彼の頭を挟んで転倒させてしまうだろう。

そんなことはさせられないので、手すりを摑んだままの体勢を保つ。

「んっ……ふぅ……」

ぬるぬると、淫猥に舌が蠢く。

見えないせいか、より彼の舌が与える愉悦を感じた。

くちゅりと濡れた音がして、敏感な粘膜を濡れた舌がなぞり上げる。

「すごいな。とろとろになっているよ」

「えっ……」

そんなに濡れてしまっているのだろうか。

濃厚な愛戯で、蜜液はとろとろと零れ落ちていた。ジークハルトはためらいもなく音を立てて吸い上げる。

「ひゃ……あぁっ……」

まるで体の芯を引き抜かれるかのように凄絶な快感が背筋に走る。

すると、いっそう空虚な花筒は蜜液を滴らせた。

「どんどん溢れてくる。私の喉を潤す花の蜜は、なんて美味なのだ」

じゅるりと啜られるたびに、蜜口にくちづけた雄々しい唇を強く感じて、背をしならせる。

そうされるほどに、まだなにも咥えていない蜜洞が切なく疼いた。

散々愛撫されて熟れた体は、硬い雄芯に貫かれることを渇望している。

「あぁっ……あぁん……も、もう……」

「もう、なにかな?」

わかっているくせに、ジークハルトは意地悪く訊ねる。

もはや限界だった。

乳首は快感に硬く張りつめ、愛液を零す蜜口は、楔を求めてひくついている。未だ空洞の蜜壺が、きゅうんと切なく戦慄いていた。

白い雨の槍を目に映しながら、アンネマリーは陥落の言葉を口にする。

「ジークハルトがほしいの……お願い、あなたをちょうだい」

どぷりと壺口から愛液が零れる。

徴をつけられた花びらが、甘く疼いてたまらない。

ようやく唇を離したジークハルトが、スカートの中から顔を出した。自らの濡れた唇を舌で舐め上げる仕草は、淫蕩な雄を思わせる。

「やっと言ってくれたね。ご褒美をあげよう」

彼はスカートをたくし上げて、腰を取る。綻んだ壺口に、ぴたりと硬い切っ先が宛てがわれた。

その感触が期待をもたらし、どきんと胸が弾む。

ぐちゅりと卑猥な音を立て、蜜口は先端を呑み込んだ。

「あっ……あん」

媚肉を舐め上げながら、極太の楔が挿入されていく。

甘い芯に貫かれる快感に、アンネマリーは背をしならせた。

「あぁ……はぁ……ん……入っていく……」

雄芯をずっぽりと咥え込まされていく愉悦に、胸が喘いだ。

いつもとは違った体勢だからなのか、それともシチュエーションのせいか、よりいっそう快感を得られた。

「素晴らしい……。吸い込まれていくよ」

感極まったように呟くジークハルトが、ぐっと腰を押し込む。

先端が子宮口を、とんと突く感覚に、目眩がするほどの快感が走る。

「あっ、はぁん！」

「感じるのかい？」

「あんん……すごいの……感じる……」

甘い声を漏らすと、ジークハルトは逞しい腰を蠢かせた。押し込んだ肉棒の先端で、ぐりっと感じるところを抉る。

壮絶な快感が湧き上がり、甘く蕩けたアンネマリーの肌が艶めいていく。

「はぁあ……あぁん……あん……」

ねっぷりと最奥を捏ね回してから、ジークハルトは楔を抽挿した。

ジュプジュプと淫らな音色を奏でて、濡れた媚肉を舐っていく。

律動とともに、アンネマリーの声が弾んだ。

「あ、あっ、あん、はぁ……あん、あっ……」

「最高だ」

彼の息が獣のように荒くなる。

グッチュグッチュと激しい抽挿が蜜洞を犯す。

アンネマリーは嬌声とともに、淫らに腰を前後させて喜悦を享受した。

ずくずくと、もっとも感じる子宮口を先端が穿つ。

最奥まで男根が押し込まれては引き、また媚肉を擦り上げながら、ずっぽりと呑み込まされる。

力強い抽挿は弓なりに背をしならせる。立っている脚が小刻みに震え出した。体中に愉悦の波が広がっていく。

「あっ、あっ、いく、やぁ、あ、ん――……っ……」

悦楽を極めると、瞼の裏が白く染め上げられた。

きゅうんと収斂した蜜洞が楔を包み込み、放出を促す。

ぐっと子宮口を抉った切っ先が爆ぜ、たっぷりと濃厚な精が注ぎ込まれた。

白い世界にたゆたっていたアンネマリーは、くりっと摘まれた乳首への刺激に意識が引き戻される。

「はぁ……っ、あん……」

達したばかりなのに、また愛撫を与えられては果てがなくなってしまう。

愛欲の渦から抜け出せず、アンネマリーは雄芯を咥えたまま淫らに腰を揺らした。

首の後ろにくちづけたジークハルトが、甘い囁きを耳元に吹き込む。

「もう一回いいかな？　まだまだあなたを愛し足りない」

「あぁ……そんな……」

精を放ったはずなのに、彼の屹立はみっちりと花筒を満たしている。

ずぶ濡れの媚肉が楔に絡みつき、きゅうきゅうと引きしめた。

「だけど、この体位では疲れてしまうだろう。アンネマリーの脚は子鹿のように震えているしね」

「え、ええ……そうね」

立っているのは平気なのだが、快楽を感じすぎてしまうため、脚に力が籠もってしまう。

できれば体位を変えたいが、後背位のほかにどのようなものがあるというのか。

ジークハルトは雄芯を引き抜いた。

すると、ふたりの淫液がとろりと腿を伝い落ちる。

その感触に、ぞくんと肌が粟立つとともに、寂しさが胸を衝いた。

もっとずっと、彼の雄芯を胎内に抱き込んでいたい。

みだりがましいその願いを胸に秘めたアンネマリーは、彼に促されるままに手すりから手を離す。

ジークハルトは椅子に腰を下ろした。脚を大きく開いた彼は、両腕を広げる。

「この椅子に、座ってほしい」

「……え？」

アンネマリーは目を瞬かせた。

まさか、ジークハルトは自身を椅子に見立てているのだろうか。だけどもちろん彼の中心はきつく反り返っているので、ここに腰を下ろしたら肉槍に貫かれてしまうだろう。

「椅子って……あの……」

「あなただけの極上の椅子だよ。ここに座ったら、最高の快楽を味わえる」

煽り立てる台詞に、胸が期待で膨らんでしまう。

羞恥のあまり、うろうろと視線をさまよわせたアンネマリーは小さな声で訊ねた。

「この椅子には、どうやって座ったらいいのかしら？」

「脚を開いて、正面から椅子に跨がるのだ」

「こうかしら……？」

スカートをたくし上げたアンネマリーは、そろりと彼の膝を跨いだ。

すかさず強靱な腕に背を抱き込まれる。

逃げられないよう搦め捕られてしまい、もはや肉棒を呑み込むしかなくなる。

両膝をつくと、硬い先端が蜜口に当たる。

すでにずぶ濡れの壺口は、ぱくりと口を開いていた。

くちゅ、と音を立てながら、楔の先端が呑み込まれていく。

「あっ……」

「言い忘れていたけれど、気をつけなければならない。何度か達しなければ、椅子からは立ち上がれないからね」

「ああ……そんな……」

淫らな椅子に座ってしまった後悔がよぎる。

だけど、しっかりと抱き込まれているので逃れられない。

濡れた媚肉はなんの抵抗もなく、ぬるりと極太の幹を呑み込んだ。

「ひゃ……あ……あぁん……っ」

深々と身を貫かれて、衝撃に背がしなる。

ずぶ濡れの蜜道は剛直を抱き込むように、やわやわと締めつけた。

アンネマリーは彼の強靭な肩にしがみつく。

腕の檻に閉じ込められて、身動きがとれない。ずっぷりと熱杭に貫かれて、脳髄まで快感に浸る。

「あぁ……あ……深い……」

「座位だと、また違う角度に当たって気持ちいいだろう？　こうして抱き合っていられるしね」

ゆさゆさと逞しい腰を揺らした彼は、極太の剛直で濡れた媚肉を擦り上げる。

アンネマリーの体は強靱な肉体の上で淫らに躍った。

一突きごとに体の中心を甘い芯が駆け抜けていく。壮絶な官能に満たされ、愛欲の沼から這い上がれない。

「あっ、あっ、すごい、あん、いっちゃう……また……」

「何度でもいっていいんだよ。キスしながら一緒にいこう」

極上の快楽に揺さぶられながら、ふたりは唇を求め合う。

濃密に舌を絡め、感じる粘膜を擦り合わせる。

上と下の口の両方でつながるのは、至上の悦楽だった。

ジークハルトの首に腕を回し、夢中で腰を振りつつ、彼の唇を貪るのは恍惚の極み。

「ん、ふ、んくっ……い、く……んん――……っ……ふ……」

達する瞬間、ジークハルトに舌を甘噛みされる。

じんとした甘い痺れが、爪先まで伝播した。

ずん、と最奥を先端が穿った衝撃に、また一段高い極みまで昇りつめる。

子宮口にキスをした切っ先から放たれる精を、腰を揺らして搾り取った。

甘噛みしたアンネマリーの舌を舐めたジークハルトは、情欲に満ちた双眸を細める。

「上手にいけたね。いい子だ」

「……あぁ……ん、ぁ……」

体中が甘く痺れている。

まだ達した余韻に浸っているのだが、ジークハルトはゆるゆると腰を揺らし出した。

極上の快楽の椅子に座り続けたアンネマリーは何度も達して、濃厚な精をたっぷり呑み込んだ。

やがて雨が小降りになり、しっとりと濡れた葉が露を垂らす。

幾度も快楽を貪ったふたりは、くちづけを解いた。

「雨はやんだかしら？　そろそろ帰らないと、日が暮れてしまうわ」

「仕方ないな。別荘に戻ってから続きをしようか」

余裕の表情で続きを求めるジークハルトの性欲は終わりがない。

絶倫の彼に苦笑を零したアンネマリーは、こつんと額を合わせた。

「あなたは本当に性欲が旺盛ね」

「そうかな。愛する妻を前にしたら、どんな夫でも欲情が止まらないものだよ」

「ふふ。いつかジークハルトに抱き潰されてしまいそうだわ」

フッと笑ったジークハルトは、ちゅ、とキスをした。

額を合わせているふたりの距離は、いつでもくちづけられるほど近い。

「私は配慮のある夫だよ。脚が疲れただろうから、別荘へはアンネマリーを抱いたまま戻ろう」

「えっ、そんなわけにはいかないわ。だって道は濡れているし、平らではないし……」

山道というほどではないものの、丘はかなり坂になっている。ジークハルトだって疲れているだろうに、アンネマリーを抱きかかえて歩くなんて、大変ではないか。

すると彼は片目を瞑った。端麗な顔立ちに、少年のような悪戯めいた瑞々しさが宿る。

「心配ない。あなたを抱えて歩けるくらいには鍛えていると言ったろう。それを証明しよう」

「まあ……」

優しい笑みを見せたジークハルトは、アッシュローズの髪を撫でる。

支度を整えたふたりは東屋をあとにした。

ジークハルトは軽々とアンネマリーの体を横抱きにして、濡れた道を通った。空のバスケットはアンネマリーが抱えている。

空を覆っていた鈍色の雲が去り、晴れ間が覗いてきた。

雲の隙間から射し込む陽光が、まるで天への階段のように神秘的に輝いていた。雨に濡れた草花が一面に煌めいている。

悠々とした足取りで歩むジークハルトとともに、同じ景色を眺めた。

ふたりが同じものを目に映しているのもまた、奇跡的なことなのだとアンネマリーは思う。

「楽しかったね。明日はどこに行こうか」

「そうね……湖のほとりはどうかしら？」

「いいね。またバスケットを持って、ゆっくり散策しよう」

ジークハルトと同じ時間を過ごすのはとても楽しくて、心が安らぐ。

だけど、本当にこれでいいのだろうか。

ふたりが仲睦まじくなっていくと、離婚が遠ざかってしまう。こんなはずではなかったのに。

だめだとわかっていても、もっと彼と一緒にいたい。でも、これ以上、惹かれてはならない。頭では理解しているのに、心は止められなかった。

それほどにジークハルトは魅力的で頼もしくて、彼と愛し合うと、いっそう離れがたくなってしまうのだ。

夫婦が円満なのはよいことのはずなのだが、毒殺を回避したいアンネマリーとしては困ったことになっている。

「あなたと過ごすのがとても楽しい……。計画と違っていくから、困るわ」

ぽつりと漏らすと、ジークハルトはすかさず訊ねた。

「計画とは？」

「あ……その……」

アンネマリーは口ごもる。

この結婚生活が離婚前提であることはジークハルトも承知しているわけだが、休暇中なので、それについて話してよいものか迷った。

もはやアンネマリーは『離婚』という単語を口にすることさえ、戸惑いが生じていた。結婚式の前は躊躇することなく言えたのに、どうしてこんなにも心が揺れ動くのだろう。

ジークハルトは追及することはしなかった。彼は黙々と足を運び、別荘への道を戻る。

やがて、邸宅の屋根が見えてきた。

そのときふいに、ジークハルトが低い声で言う。

「私は、あなたへの生涯の愛を誓う。なにも心配しなくていい。あなたの身は、私が命をかけて守り通す」

鋼が通ったような誓いの言葉を耳にして、アンネマリーは瞠目する。

彼には強い信念がある。

それはアンネマリーを愛し、生涯にわたって守り抜くという意志だ。彼は毒殺のことを知らないはずなのに、アンネマリーの不安を見透かしているのだった。

すなわち、彼は離婚なんて考えられないということだ。

ジークハルトが、こんなにも私を愛してくれていたなんて……。

アンネマリーがなによりも戸惑ったのは、彼の気持ちを知って胸が弾んでいることだった。

離婚したくない――。

そう思えてきた自分の心の変化に、アンネマリーは困惑した。

ジークハルトの宣言に『わたしも愛している』なんて答えられるわけもなく、曖昧に頷くしかなかった。

四章　騎士への嫉妬(しっと)

ミシュルでの休暇を終え、ふたりは首都へ帰ってきた。

一週間のバカンスは毎日が楽しく、充実した日々を過ごすことができた。

ふたりは丘や湖畔を散策してピクニックをしたり、湖でボートに乗ったりして、ミシュルの美しい景色を堪能した。雨の日でも、別荘で雨音を聞きながらジークハルトが淹れてくれた紅茶を飲んで会話を楽しむ。ふたりきりで穏やかな時間を過ごすのは、ちっとも退屈しなかった。

楽しい休暇は瞬く間に過ぎ去ったが、ジークハルトは「また次のシーズンも来よう」と約束してくれた。

彼と約束を交わせたことに、アンネマリーの心はふわりと浮き立つ。

だが、それとは別に、宮廷に戻れば皇妃としての責務が待っている。

宮廷独特の作法や儀式、貴族たちとの交流のためのお茶会や夜会、それに季節ごとのイベントがある。

アンネマリーは積極的に顔を出し、皇妃の務めを果たした。

いずれは別れるつもりだが、前世のように引きこもって、お飾りの皇妃と揶揄されたくなかった。アンネマリーの態度は皇帝であるジークハルトの評価にもつながる。毅然とした態度で、皇妃らしくしなければと心に刻んでいた。

本日は、年に一度の剣闘士大会が開催される。

帝国に仕える剣士の中で、誰が最強か決めるのだ。優勝すれば出世が約束されるため、出場する剣士たちは必死である。

円形の闘技場は中央に戦いのステージがあり、それを見下ろすような形で、ぐるりと客席が設けられている。観客は自分の息子の勇姿を見ようという貴族たちや、お祭りを楽しみにしている街の人たちで満席だった。

あくまでも試合なので、過度に相手を傷つける行為はルール違反である。そのため淑女も安心して見ていられる戦いだ。

上座の貴賓席に皇帝と皇妃が現れると、観客たちは一斉に立ち上がり、深くお辞儀をした。

ジークハルトは軽く手を上げる。アンネマリーも微笑みを返して、席に座った。

極上の天鵞絨が張られた椅子は背もたれが高く、ステージからも一目で皇帝と皇妃の存在がわかるようになっている。

腰を下ろしたアンネマリーのドレスの裾を、観客から見えないよう屈んだクラーラが整えた。

今日は剣闘士大会という華やかなイベントに出席するため、真紅のドレスを着ていた。露出は少ないものの、胸元からウエストにかけて、流れるように真紅の薔薇を象った飾りが施されている。秀逸なデザインのドレスは宮廷仕立屋が手がけた渾身の作品だ。

闘技場を見渡したアンネマリーは感嘆の声を上げる。

「すごい熱気ね。楽しみだわ」

「剣士はいずれも腕の立つ者ばかりだ。普段の彼らは、要人の護衛や首都の警備など重要な任務を負っている。この大会で優勝するのはとても名誉なことなのだよ」

豪奢な皇帝の椅子に座っているジークハルトは、目を輝かせてステージを見ている。

まだ試合は始まっていないので準備の最中だが、会場はすでに熱気に満ちていた。

アンネマリーは扇子であおぎながら、ステージの脇に待機している剣士たちを眺める。

「優勝したら褒賞があるのよね。なんでも好きなものを望んでいいのでしょう？」

「一応ね。恒例としては、昇進を願うのが多い。過去には騎士団長の座を望んで、上官に叱責された者がいたな。騎士団長は青ざめていたが、観客は大変盛り上がっていたものだ」

ジークハルトが面白く話すので、アンネマリーは思わず笑ってしまった。

傍にいたウルリヒが小さな咳払いを零しながら、眼鏡のブリッジを押し上げている。

なにやら言いたいことがあるらしいウルリヒを、ジークハルトが振り返った。

「そうだろう、ウルリヒ。私が騎士団長への昇進を許可したのに、おまえが反対するから場が冷めたのではないか」

「陛下は冗談が過ぎます。わたくしを含めた側近たちの苦労を察してください。結局あの件は一階級の昇進で収まりましたが、なんでも望みを叶えると公言する陛下にも騒動の責任はあるかと思います」

「堅いことを言うな。初めから褒賞は昇進と決まっていたら、剣士たちのやる気が半減するではないか」

ウルリヒは嘆息をもって答えた。

なんでも望みが叶えられるなら、優勝したらなにを願おうかという楽しみがある。そのためか、続々と入場してきた剣士たちは厳めしい顔つきながらも、目が輝いている。

出場者は騎士団員のほかに、辺境を警備する兵士や貴族の護衛官など、様々な所属だ。ゆえにこの試合ではまとめて彼らを『剣闘士』と称している。

ジークハルトが指先で示唆すると、さっとウルリヒが羊皮紙を広げた。

そこには出場する剣闘士たちのリストが書かれている。

「優勝候補は、ローレンツだな。腕の立つ騎士団員で、年齢も二十五歳と若い。アンネマリーは誰が優勝すると思う？」

「そうね……やっぱり、騎士団長のヨハンかしら。実力があるから騎士団長なのだし、彼が優勝しないとほかの騎士へ示しがつかないでしょう？」

「はは、そのとおりだ。だが剣闘士大会が面白いのは、階級と試合の結果が伴わないところにある。まあ、見ていたまえ」

高らかにラッパが吹き鳴らされ、試合の開始が告げられる。

場内は大歓声に包まれた。

出場する剣闘士たちが各々の剣を掲げ、それを下ろすと胸に手を当てる。正々堂々と戦うことを示す儀式である。

出場者は総勢二百名ほどおり、全員揃うと壮観だ。試合はトーナメント戦で行われるので、一度負けたらその場で敗退が決まる。

さっそく試合が開始された。

ふたりの剣闘士がステージに上がり、審判が旗を掲げる。

だが、一振りで試合は決してしまった。両者の実力にはかなりの差があったようだ。

負けた剣士は背中を丸めて去っていく。対して勝利した剣士は拳を突き上げ、観客にアピールしていた。

観戦していたジークハルトは悠然と解説する。

「トーナメントは抽選だから、実力差のある試合はすぐに決着がついてしまうのだ。見どころがあるのは上位に絞られてからだな」

確かに剣士とはいえ、体格が華奢だったり、明らかに自信がなさそうな者もいる。筋力のある猛者が勝ち進み、次々に試合は決着していった。

そんな中、勝利したひとりの剣士が貴賓席に向かって優雅にお辞儀をする。作法からして、彼は騎士団員だろう。

「あの男がローレンツだ。私の護衛官を務めたこともある」

「そうなのね」

ジークハルトが教えてくれたので、アンネマリーは頷いた。

思っていたより、ローレンツは体軀のよい美丈夫だった。顔立ちが端麗なためか、貴公子然とした印象を受ける。勝ち残っているのは彼よりもっと筋肉隆々の猛者ばかりなので、ローレンツが優勝するとは思えないが……。

そのとき、ローレンツがこちらに向かって微笑んだ。

なぜかアンネマリーを見ていた気がして、心の中で首を傾げる。

「きっとローレンツは負けるわ。騎士団長のヨハンには勝てなそうだもの」

ヨハンは四十歳を超える百戦錬磨の手練れである。いくつもの武勲を立てた功労者だ。

さすがに彼には誰も敵わないだろう。

「ふむ。ヨハンも調子がよさそうだな。これはどうなるかわからないぞ」

ジークハルトの声が躍っている。

ヨハンは順調に勝ち進んでいた。彼の威厳に圧倒された対戦者は、足が竦んでいる者もいるくらいだ。

やがて決勝戦の出場者が決まった。

予想どおりというべきか、残ったのはヨハンとローレンツである。

最高のカードが出揃い、闘技場の熱気は最高潮に達した。

観客の声援が場内に響き渡る。

対戦するふたりはステージに上がると睨み合う。両者からは殺気にも似た緊迫感が漂っていた。

観戦しているアンネマリーも緊張してきて、手に汗が滲む。

審判が旗を掲げる。ふたりは青眼に剣をかまえた。

一閃が走る。

ヨハンは一気に勝負を決めようとしてきた。

だがローレンツを仕留めることはできず、躱(かわ)されてしまう。

ヨハンは続いて猛攻を仕掛ける。ローレンツは防戦するのみになった。かなり苦しそうである。

歓声が飛び交う中、誰もがヨハンの勝利を確信した。

そのとき、一瞬の隙を突いて、ローレンツが斬撃を繰り出す。

剣が弾き飛ばされ、虚空を舞う。

観客が「あっ」と叫んだときにはもう、床に剣が転がっていた。

審判は、さっと赤の旗を掲げる。ローレンツが勝利したのだ。

闘技場に歓声が湧き上がる。

今年の優勝者は、ローレンツに決まった。

彼は悠々とした表情で、鞘に剣を収めた。

苦々しい顔つきで自らの剣を拾い上げたヨハンは、貴賓席の前へ進み出て膝を折る。

「申し訳ございませんでした、陛下。失態を見せてしまったのは、わたくしの不徳の致すところです」

ジークハルトは軽く手を上げて、鷹揚に答える。

「油断したな、ヨハン。だが素晴らしい戦いだった。出場したすべての剣闘士たちの健闘を称える」

ヨハンは深く頭を垂れた。

観客から惜しみない拍手が送られる。

そこへ、ヨハンの背後に立ったローレンツが肩を竦めながら言った。

「敗者はさっさと退場していただけますかね。騎士団長もこれ以上の恥をさらすのは本意ではないでしょう」

不遜な台詞に、ヨハンは眉をひそめる。

ローレンツは騎士団員なので、当然ながら騎士団長は最上位の上官だ。本来ならば上官への不敬で、処罰を受けるところだろう。

だがこの場は引いたほうがよいと判断したのか、ヨハンは顎を引くと、黙ってステージを下りた。

悠然とした笑みを浮かべるローレンツは剣の実力も充分だが、自信家でもあるらしい。

ローレンツは貴賓席へ向かって片膝をつき、胸に手を当てる。ジークハルトは勝者である彼に言った。

「見事な戦いだった、ローレンツ。褒美を取らせよう。なんでも望みのものを言うがいい」

顔を上げたローレンツは不敵な笑みを見せる。

「ありがとうございます、陛下。なんでもよろしいのですか？」

「無論だ。そなたの望みはなんだ？」

恒例では褒賞は昇進になるが、先ほどのヨハンへの態度を考えると、ローレンツは無謀なことを言い出しそうだ。

それを予想しているのか、ジークハルトは愉快そうな笑みを見せている。

するとローレンツは、堂々と答えた。

「では、皇妃殿下の手の甲へ、くちづけすることをお許しください」

「なんだと？」

途端にジークハルトが眉根を寄せる。

驚いたアンネマリーは目を見開いた。

意外な望みに、観客はざわめいている。

淑女への手の甲のキスは、紳士の挨拶ではあるのだが、それは一般的な貴族の間でのことである。アンネマリーは皇妃という尊い身分ゆえ、たとえ高位の紳士であっても挨拶のキスはしないのが慣例だ。

それなのに皇妃への接吻を望むのは、ジークハルトに対する挑戦とも受け取れる。

不敬であると叱責するのかどうか、観客は息を呑んで成り行きを見守った。

ローレンツは処罰など恐れていないようで、悠然とした笑みを浮かべている。

双眸を細めたジークハルトは席を立ち上がった。

「いいだろう。ただし、私に勝ったらな」

彼はまとっていた朱のマントを、ばさりと外す。貴賓席を出ると、控えている侍従へ手を出した。剣を渡せという合図である。

素早く皇帝の傍に駆け寄ったウルリヒが苦言を呈する。

「陛下、いけません。大勢の観客が見ている前でローレンツに負けたら、陛下の面目が潰れます」

「負けなければよいだけの話だ」

「しかしですね……」

食い下がるウルリヒを押さえるかのように、ジークハルトは手を上げて彼の意見を遮る。

不安になったアンネマリーは腰を浮かせた。

「ジークハルト……いえ、陛下。突然勝負するなんて、危険だわ」

彼は準備運動すらしていない。それなのに何戦も試合をこなして体が温まっているローレンツを相手にしたら、すぐに負けてしまうのではないか。

ウルリヒの言うとおり、勝負を挑んだ皇帝が負けては観客の笑いものになってしまう。

だがジークハルトは安心させるような微笑を見せた。

「問題ない。私が勝つ。あなたへくちづけするのは、私だ」

そう告げた彼は侍従の差し出した鞘から、剣を抜いた。

ステージに上がる皇帝の勇姿に、エキシビションマッチが始まることを喜んだ観客は喝采を送る。

ジークハルトは高く手を上げて、観客の期待に応えた。

止めようとしたアンネマリーは手すりに手をかけて身を乗り出すが、クラーラに制止される。

「アンネマリー様、危ないですから、どうかお席にお戻りください」

「でも、ジークハルトが……」

「陛下は負けませんわ。……たぶん」

自信なさげに呟くクラーラに不安を煽られる。

だけど、これだけ場内が盛り上がったら、今さら中止するわけにもいかないだろう。

アンネマリーは仕方なく椅子に腰を下ろした。後ろでウルリヒは額に手を当てている。

ステージに目を向けると、ふたりは互いに笑みを浮かべて悠々と剣をかまえた。

「陛下。手加減いたしませんが、よろしいですか？」

「無論だ。本気で来ないと大怪我をするぞ、ローレンツ」

口端を引き上げたローレンツは突進した。

剣戟（けんげき）の音が響き、観客は「えっ」と驚きの声を上げる。

審判はまだ旗を掲げていないので、不意打ちである。

だがこれは正式な試合ではない。審判が戸惑っているうちに戦いが始められる。

不意打ちを食らったにもかかわらず、ジークハルトは剣を受け止めた。

舌打ちを零したローレンツだが、力で押し切ろうとする。

「よく察知しましたね、陛下」

「おまえの癖はわかっている。卑怯な手口が得意だものな」

「それはどうも」

押し切れないと悟ったローレンツは一旦引いて間合いを取る。

だが体勢を立て直したジークハルトはすぐに踏み込んだ。

激しい応酬が交わされる。歓声に湧く闘技場に剣戟の火花が散った。

実力は拮抗していた。

アンネマリーは息を呑んで戦いを見守る。

ジークハルトに勝ってほしい。だけどそれ以上に、彼が怪我をしないよう祈った。

アンネマリーの心配をよそに、場内には興奮の渦が巻き起こった。

両者は一歩も引かない。ジークハルトは果敢に攻めた。やがて歯を食いしばったローレンツが下がろうとした。

その刹那、ローレンツが体勢を崩す。

白刃が閃く。

ジークハルトの一閃が、剣を弾き飛ばした。

手を伸ばして腰に帯びた予備の剣を抜こうとしたローレンツだが、彼の喉元にぴたりと剣先が突きつけられる。

「私の勝ちだな」

「……参りました」

柄から手を離したローレンツは、両手を上げた。

皇帝の勝利を知った観客から、惜しみない拍手が送られる。

安堵の息を零したアンネマリーは、胸に手を当てる。

まだこんなに心臓がどきどきしている。

ジークハルトが無事で、本当によかったわ……。

侍女たちはきらきらした目でステージを見つめていたが、ウルリヒだけは疲弊した表情を見せていた。結果はよかったものの、心労が大きかったのだろう。

クラーラが華やいだ声を上げる。

「陛下はすごく格好良かったですね！　ローレンツ様も健闘しましたわ」

「ええ……そうね」

剣を収めたジークハルトは観客の喝采に手を上げて応えながら、貴賓席へ戻ってきた。

ほっとしたアンネマリーだったが、彼は椅子に座らず、なぜかアンネマリーの前に片膝をつく。

「え……ジークハルト？」

まるで騎士が忠誠を誓うような格好をされて、目を瞬かせる。

皇帝であるジークハルトが膝をつくなんていけないと思い、アンネマリーは慌てて手を差し伸べ、彼を立ち上がらせようとした。

その手を取られると、くちづけを落とされる。

伏せられた金色の睫毛が陽光に輝くのを、アンネマリーは呆然と見ていた。

手の甲の接吻の熱さが、刻印のごとく肌にしるされる。

皇帝が皇妃に跪いてくちづけするという光景を、人々は歴史に残る絵画を見るかのように、固唾を呑んで見つめていた。

唇を離したジークハルトは、煌めくアンバーの瞳を向ける。

彼の独占欲に身を焦がされる。

「あなたにくちづけるのは、私だけだ」

どきんと胸が弾んだアンネマリーは手を引こうとしたが、ジークハルトが離さない。

彼は自分の名誉のために戦いを挑んだのではない。アンネマリーを誰にも渡したくないから、戦ったのだ。

ジークハルトへの恋心が胸のうちで育っていくのを感じた。

好きになってしまう……。

好きにならないと言ったはずなのに、どうしようもなく彼に惹かれてしまっていた。

本当はずっと一緒にいたいのに、それはできない。

いったいどうしたらいいの……？

叶わぬ願いと残酷な未来との板挟みで、心がかきむしられる。

だけど顔には出さず、微笑を浮かべたアンネマリーは、夫をねぎらった。

「ジークハルトこそ、真の勝者だわ」

そう告げると、彼は極上の笑みを湛えたのだった。


剣闘士大会を終えて、アンネマリーは自室へ戻ってきた。

クラーラに首元のネックレスを外してもらい、一息つく。

「ふう……。無事に終わってよかったわ」

どうなることかと思ったが、丸く収まってよかった。

ジークハルトは最後まで笑顔で観客に応えていた。アンネマリーをエスコートして闘技場を退出したあと、彼はウルリヒに促されて執務室へ向かっていった。

薔薇を模した飾りがついたネックレスを手にしたクラーラは、それをジュエリーケースに戻す。

「お疲れになったでしょう。お着替えをいたしましょう」

「そうね」

アンネマリーが鏡台の椅子から立ち上がったとき、前室の扉をノックする音が聞こえた。

「あら。誰かしら」

「見てまいりますね」

ほかの侍女ならば前室を通り過ぎて、部屋の扉をノックするはずである。ということは、ウルリヒが用事でも伝えに来たのだろうか。

部屋を出て、前室の扉を開けたクラーラの声が耳に届く。

「ローレンツ様ではありませんか。どういったご用件でしょうか」

なんと、先ほどの剣闘士大会で優勝したローレンツらしい。

ジークハルトへの用件ならば執務室を訪ねればよいのに、わざわざアンネマリーの部屋を訪問するとは、なにかあるのだろうか。

ローレンツは女性が好みそうな甘やかな声で話した。

「皇妃殿下に少々話があるんだ。――そういえば、きみの先ほどの行いに対して、バッハシュタイン秘書長官が注意したいことがあると言っていたよ。すぐに謝罪したほうがいいんじゃないか？」

「えっ……なにかしら……。でも、ほかの侍女がいませんので、アンネマリー様をおひとりにはできません」

話を聞いたアンネマリーは前室に顔を出した。

ローレンツと話をするにしても、少しの時間だろうし、前室でならば問題はない。

「クラーラ、行ってきていいわよ。ウルリヒに怒られたら大変だわ」

おそらく、ジークハルトとローレンツの勝負で、侍女たちが華やいだ声を上げたことかと思う。ウルリヒのことだから、不謹慎だと注意したいのだろう。

迷いを見せたクラーラだが、「では、すぐに戻ってまいりますので」と言い置いて廊下へ出ていった。

クラーラの退出を見届けたローレンツは、口端を引き上げる。

その顔を目にしたアンネマリーは不穏なものを感じた。

それまで紳士だった騎士は、あっさり仮面を脱ぐ。

「やっと、ふたりきりになれましたね」

腕を上げたローレンツは扉に手をついた。アンネマリーが逃げられないよう、囲うような仕草に眉をひそめる。

「もしかして、ウルリヒの呼び出しは嘘だったのかしら?」

「まあ、いいじゃありませんか。侍女がいたら邪魔ですからね」

堂々とした態度は呆れたものだ。悪びれないところを見ると、彼はいつもこの調子なのだろう。

溜息をついたアンネマリーは不遜な男を見上げた。

「皇妃に腕を出して遮るなんて、不敬だわ」

「これは失礼」

腕を引いたローレンツだが、すっとその手でアンネマリーの手を掬い上げる。

まっすぐに双眸を向けてきた彼は紳士的に名乗った。

「騎士のローレンツ・ヒルトです。伯爵の称号を有しています。どうぞ、お見知りおきを」

アンネマリーは前世を思い出した。

ヒルト伯爵こと、騎士のローレンツは、前世では皇妃の愛人と噂されていた男だった。

もちろんアンネマリーにはまったく身に覚えがない。ローレンツに限らず、誰とも特別な関係になっていない。ただ色男のローレンツが思わせぶりな態度を取るので、それが招いた誤解だろう。

今回もそのような噂が立ってはたまらない。

アンネマリーは毅然として言った。

「あなたはジークハルトに負けたはずよ。わたしにキスをする権利はないわね」

「ですから、直々に皇妃殿下の許可をいただきに参りました。哀れなあなたの騎士に、どうかお恵みを」

掬い上げた手を、彼の口元に近づけられる。

アンネマリーが許可したなら、すぐにでもくちづけられてしまいそうだ。

手を離そうとしたが、きつく握られているので振りほどけない。ローレンツは懇願するような目で見つめてくるが、許可されるのが当然と思っているのか、唇に弧を描いていた。

「手を離しなさい。これは命令よ」

アンネマリーが無情に言ったので、ローレンツは真顔になる。

後ろめたいことをするつもりはない。

それは皇妃としての矜持（きょうじ）であり、ジークハルトのためでもあった。皇帝が部下である騎士に妻を奪われたとあっては、彼の名に傷がつくことになる。そういった噂が立つことさえ、避けなければならない。

嘆息したローレンツは顔を上げたが、握りしめているアンネマリーの手は離そうとしない。

「手厳しいですね。だけど難攻不落と謳われている砦を陥落させることに意義がある」

皇妃を砦と揶揄する彼に、眉をひそめる。

苛立ったアンネマリーは男の手を振り払った。

ぱしり、と音が鳴ったそのとき、前室の扉が開く。

はっとしてそちらを見ると、瞠目しているジークハルトが立っていた。

彼の後ろにはウルリヒと、クラーラも付き従っている。

今の状況は、ローレンツと痴話喧嘩をしていたと見られてもおかしくない。

気まずい空気が流れる中、険しい顔をしたジークハルトがローレンツを問い質した。

「なにをしている」

「見てのとおりです。皇妃殿下にご挨拶を」

「ほう。そのわりには親密と言える距離だが？」

アンネマリーは目を伏せるが、皇妃のほうからは身を引けない。そんなことをしたら、やましいことがあるという証明になってしまう。

礼儀としてはローレンツが引き下がるのが正しいのだが、彼はアンネマリーの傍から動こうとしない。

皇帝が皇妃の部屋を訪れているというのに退かないとは、なんという不敬な男だろうか。

肩を竦めたローレンツは飄々として答える。

「そうでしょうか。俺は騎士として忠誠を誓ったままでです」

「……秘書長官がクラーラを呼び出していると偽りを言って、アンネマリーをひとりにしたのはなにか意図があるのか？」

背後にいるクラーラが心配そうに瞳を揺らした。

呼び出しが嘘だというのは、確認すればすぐにわかってしまうことだ。

だがローレンツは笑みを崩さず、大仰に腕を広げた。

「意図などありません。どうやら話に食い違いがあったようですね。陛下をご心配させたのなら、大変申し訳ございませんでした」

にこやかにそう言ったローレンツは「では、これで」と礼をして前室を出ていった。すぐに前室と廊下を隔てる扉を閉めたクラーラが、頭を下げる。

「申し訳ございませんでした。わたくしのミスです」

嘆息したジークハルトは軽く手を振る。

「よい。ふたりとも出ていってくれ。アンネマリーと話がある」

「あの、アンネマリー様はなにも……」

言いかけたクラーラを、ウルリヒが目で遮る。

夫婦の話し合いに部下が口を挟むべきではない、ということなのだ。

自分の身の潔白は、自分で証明しなければならない。

アンネマリーは穏やかに言った。

「わたしがジークハルトに話すわ。しばらく、ふたりきりにしてちょうだい」

クラーラとウルリヒは礼をした。ジークハルトが部屋に入ると、前室に続く扉が閉められる。それからふたりが前室から廊下へ出ていく物音がした。

身を翻したアンネマリーは、ソファを指し示す。

「座って話を……きゃ！」

言いかけたそのとき、後ろから強靱な腕に包み込まれる。

抱き寄せられたアンネマリーの体は、ジークハルトの胸の中に囚われた。

大きな手が頤を掬い上げ、後ろを向かせる。

強引なくちづけは官能の味がした。

嫉妬というエッセンスが足された極上の菓子は、どこまでも甘く、まろやかで罪深い。

唇を夢中で貪られるうちに、いつしかアンネマリーの肌が熱を帯びる。

剛健な背中に腕を回し、彼のキスに応えて舌を絡めた。

チュ、チュッ……と淫靡な音色が室内に撒き散らされる。

少し唇を離したジークハルトは、至近距離から情欲に滾る双眸を向けてきた。

「あなたは私のものだ。誰にも触れさせたくない。いや、触れさせない」

切迫した低い声が耳元に吹き込まれる。

露わにされた彼の独占欲に、きゅんと胸が高鳴った。

「さっきのは誤解なの。わたしは手の甲へのキスを許してないわ」

「それはわかっている。あなたはローレンツを振り払っていたからね。だが私はほかの男があなたの手を取ることすら許しがたいのだ。もし誰かがあなたにキスをしたなら、私はそいつを極刑にするだろう」

厳しい言葉に、アンネマリーは息を吞む。

　皇帝であるジークハルトが極刑を命じたら、それはすぐさま叶えられてしまうだろう。だからこそ、彼はこれまで強い言葉を使ったことがないのだ。

　驚いたアンネマリーはアンバーの瞳に誓った。

「安心してちょうだい。わたしは不貞なんてしない。ジークハルト二世は処刑など行わない賢帝だったと、歴史書に記されるわ」

　ジークハルト二世が部下を処刑するような愚かな皇帝だなんて不名誉な結末に導くことは、決してあってはならない。

　アンネマリーの誓いを聞いた彼は、微笑みを浮かべた。

「あなたを信じている。だが、ざわめく心を鎮めるには夫婦の営みが必要だ」

　ふわりと抱き上げられ、ベッドへ運ばれる。

　白いシーツに下ろされると、ドレスの真紅が花のように舞い散る。

「もう……しょうがない人ね」

「あなたの可愛らしい唇に誘われたら、皇帝でも我慢できない」

　アンネマリーは逞しい夫の肩に腕を回した。

　すぐに濃密なくちづけが降ってくる。

　彼の深い執着に困りながらも、愛されていることを実感した。

　わたしはジークハルトを守りたい……。

それは彼の宿命であるジークハルト二世としての治世を守るということになる。

彼との情愛に溺れながら、アンネマリーはふたりの未来を考えた。

ジークハルトは歴史に名を残す賢帝となり、アンネマリーは皇妃として、死してなお夫の傍に寄りそう。

ふたりにはたくさんの子どもたちがいて、優しい夫としての顔も持つジークハルトと幸せな家庭を築くのだ。

そんな幸福な未来があったらいい。

でもそれを叶えるには、離婚しないで、なおかつ毒殺されない道を探さなければならない。

そんなことができるのかしら……。

愛の沼に沈みながらも、アンネマリーは手を伸ばし、思い描く未来を模索した。

指先に触れた強靱なジークハルトの背が脈動を刻むのを、深くその身に感じながら。

五章　不穏なブルーティー

剣闘士大会から一か月が過ぎた。

優勝したローレンツへの褒賞は、恒例どおり一階級の昇進ということになった。闘技場で彼が望んだ皇妃へのキスは彼流の冗談として片付けられ、処罰されることはなかった。

だが、そのときを境に、さらにジークハルトの執着が深まった。

夜になるとベッドで睦み合い、愛の言葉を囁かれて寝かせてもらえない。

昼も彼は公務の合間にアンネマリーの部屋を訪れて、短い時間でもキスをしていく。

アンネマリーが目を離したら飛んでいってしまう小鳥だとでも思っているのだろうか。

だけど離婚を提案していたので、いずれアンネマリーは皇妃を辞して宮廷を出ていくつもりだと彼は考えているだろう。だから、引き留めたいという心境になるのは当然かもしれない。

アンネマリーだって、まだ離婚を撤回するとは言えない。

このまま皇妃でいたら、いずれ毒殺されてしまうからだ。

だが避暑や剣闘士大会を経て、アンネマリーの気持ちは変化していた。

初めは不仲になると思い込んでいたジークハルトとの結婚生活は、思いのほか順調で、円満な夫婦仲を築いている。

アンネマリー自身の気持ちも、こんなにもジークハルトを好きになるなんて思ってもみなかった。

こんなはずではなかったのに、いったいどうしたらよいのだろう。

自室で刺繍を編んでいたアンネマリーは独りごちる。

「そもそも、わたしを毒殺した犯人は誰なのかしら……」

犯人をあらかじめ特定できたなら、毒殺を回避することは可能なのではないか。

そうしたら、ジークハルトと離婚する理由もなくなる。

名案だと思ったが、このことを誰にも相談できないので、調査するならひとりでやるしかない。しかも情報が少なすぎる。毒殺されるようなことをした覚えはなく、犯人に心当たりがない。

毒が混入されていたブルーティーは、ブルーツリーという幸運の葉を抽出したお茶だ。独特の渋みがあり、毒を混入されても見分けがつかないので、暗殺茶（アサシンティー）という異名がある。

歴史的には数々の要人が殺害されてきた暗殺茶だが、まさか自分も餌食になるとは夢にも思わなかった。

あのブルーティーは、〝親愛なる者〟からの差し入れだった。

親愛なる者は、誰なのか。

あのときのブルーティーを淹れたのは、侍女のクラーラだが……。

「アンネマリー様。紅茶のお代わりはいかがですか?」

クラーラに声をかけられ、びくりと肩を跳ねさせる。

動揺したアンネマリーはかぎ針を取り落とす。

目を瞬かせたクラーラは、身を屈めてかぎ針を拾うと、空になったティーカップの傍に置いた。

「どうかしました?」

「ううん、なんでもないの。考えごとをしていたから」

まさかクラーラが犯人ではという考えが頭を掠めたが、彼女が事件にかかわっているはずがない。クラーラは忠実な侍女であり、どこにも怪しいところはなかった。

気を取り直したアンネマリーは刺繍を脇に置いて席を立ち上がる。

「執務室へ行くわ。ジークハルトに話したいことがあるの」

「承知しました」

ジークハルトから、暗殺茶や親愛なる者についての情報を聞き出せないだろうか。

とはいえ、なぜ知りたいのかと問われても答えに窮してしまうのだが。

あれこれと理由を考えながら、自室を出たアンネマリーはクラーラを伴って皇帝の執務室へ向かった。

雄壮な扉の前には侍従が控えている。皇帝が執務室を出入りするときに扉を開けたり、訪問者を通してよいかうかがいを立てる役目を担っている。

アンネマリーに頭を下げた侍従は、扉をノックした。

「皇妃殿下がおいでになりました」

「入りたまえ」

室内からジークハルトの声が応えた。

侍従が扉を開くと、壁一面の書架が目に飛び込む。

普段は政務の邪魔になるだろうから、執務室を訪れるのは遠慮していた。書架に囲まれた執務室を見渡したアンネマリーは、執務机に目をやる。

重厚な机には、書類が山積みにされていた。ジークハルトはそこに埋もれるようにして、書類に判を押している。

「やあ、アンネマリー。そろそろキスの時間かな？」

軽口を叩く余裕があるようだが、彼の顔には疲労の色が見えた。

しかも隣の秘書室から出てきたウルリヒが、書類の山をさらに追加している。

呆然としたアンネマリーは溜息をついた。

「すごい書類の山ね。もしかして、これ全部に目を通すの？」

「もちろんだ。今日は少ないほうだね」

　皇帝の仕事がこんなにたくさんあるとは知らなかった。アンネマリーと会っているときのジークハルトは悠然としていて、急かされているような態度はいっさいない。

だけど考えてみれば、国家を守っていくのには重大な責任があり、それに忙殺されるのは宿命なのだ。彼はアンネマリーの前では安らいでいて、政務のことを持ち出さなかっただけなのである。

　国がこんなに大変な状況で忙しかったのね……。もしかして、前世でも私は愛されてなかったわけじゃなくて、単にかまう時間がなかっただけなのかもしれないわ。

　アンネマリーは自分が寂しいという気持ちばかりに囚われて、彼を理解しようという姿勢がなかったことを反省した。

　ジークハルトは次の書類を手にしつつ、アンネマリーに目を向ける。

「それで、なにかあったのかな？　アンネマリーが執務室を訪れるなんて珍しいね」

「あ……ちょっと気になったのだけど、暗殺茶という異名のあるブルーティーを知っている？」

　重々しくならないよう、アンネマリーは軽い調子で話した。

　ブルーティーは有名なので、それ自体の話題は忌避するようなことではない。

「ああ。昔から暗殺に使用されてきた青色のお茶だね。ブルーツリーは幸運の葉などと呼ばれているが、皮肉なものだ。ただ、ブルーツリーそのものに毒の成分が含まれているわけではない。独特の苦みがあるので、猛毒を混ぜても味がわからないのだ。毒にも様々な種類があるが、最近ではスピリンという毒性の強い麻薬が市井に流通していて、頭を悩ませているよ」

「スピリンは幻覚作用をもたらす危険薬物よね。使用も売買も、法律で禁止されているのじゃなくて？」

「そうなのだが、麻薬組織が暗躍してスピリンを売りさばいている。スピリンは死に至ることもあるとても危険な麻薬だ。毒として暗殺などに使われることもある。その組織の黒幕を捕まえたいが、中々尻尾を摑めない」

「ふうん……」

前世でアンネマリーが飲んだ毒も、スピリンだったのだろうか。少量ならば幻覚や高揚感が起きて気分がよくなると言われているが、服用する用量が多すぎれば、意識が混濁して死に至るはずだ。劇薬ならば入手が困難だが、スピリンは市井で出回っているようなので、誰でも金さえ出せば手に入りやすいのかもしれない。

考え込んでいるアンネマリーに、ジークハルトはすべてを見透かすかのような深い色の双眸を向けた。

「私たちが結婚式を挙げた日に、スピリンを使用したパーティーが行われた。摘発はできたものの、黒幕は摑めなかったが。あの日、アンネマリーが『なにかが起こる』と予言したので、事件に気づくことができたのだ」

「そ、そうだったのね。予言したわけではないわ。たまたまよ」

「ほう。――それで、ブルーティーについてなにか起こると察知したのかな?」

アンネマリーは目を逸らした。まさか、自分が毒殺されるときにブルーティーが使われるから……とは言えない。

アンネマリーは前世で起こった出来事を知っているので、話しているうちにジークハルトも妙だと気づくのだろう。彼はそれを予言だと思っているらしい。

「察知したわけではないの。ちょっと思いついただけよ」

「思いつきでかまわないので、詳しく聞かせてほしい」

まずいことになった。

アンネマリーが冷や汗をかいた、そのとき。

執務室の扉がノックされる。侍従が「ゲッペルト大臣と令嬢がお見えです」と伝える。

すると、途端にジークハルトが眉宇を寄せた。

「何度も断っているのに、しつこい男だ」

隣の秘書室から書類を持ってきたウルリヒは、さらりと言う。

「ガブリエラ嬢を皇妃にしてほしいと、ゲッペルト大臣は結婚式を挙げるまで言っていましたからね。お話だけでも聞いたらよいではありませんか」

そういえば、晩餐会でもゲッペルトは不機嫌を露わにしていた。娘が皇妃になったら、より権力を持てるなどの思惑があるのだろう。

ウルリヒの提案に、ジークハルトは渋々頷いた。

「いいだろう。何度も来られるのは迷惑だからな。――入れ」

彼が命じると、開かれた扉から大臣のゲッペルトが入室してきた。

公爵の位を有するゲッペルトは帝国の重鎮である。その顔つきは険しく、眼差しには隙がない。

彼の後ろには黒髪の令嬢が付き従っていた。

ゲッペルトは刺すような視線をアンネマリーに一瞬だけ向けた。

だがすぐにジークハルトに向き直り、猫撫で声を出す。

「ご機嫌いかがでしょうか、陛下。我が娘にお会いくださり、大変光栄です」

「手短に用件を述べよ」

ジークハルトは執務机から動かず、ふたりに椅子を勧めることもしない。

来客用のソファがあるのだが、勝手に座るわけにはいかないので、ゲッペルトと令嬢は執務机から少し離れたところに佇んでいた。

「我が娘のガブリエラを皇妃にとお願いしておりましたのに、陛下はアンネマリー嬢とご結婚されてしまい、娘は大変悲しんでおります」

「それで？」

「どなたとご結婚するかは陛下のご意志ですから、もちろん反論などございません。ですがこのままではガブリエラが不憫すぎます。娘は陛下に恋い焦がれるあまり、食事も喉を通らないのです」

「そうか」

ジークハルトは興味がないようで、彼の熱量はひどく低い。

熱心に話すゲッペルトの後ろで、ガブリエラはハンカチを目に当てていた。

涙は出ていないので泣き真似のようである。それに食事も喉を通らないそうだが、彼女の肌つやはよかった。恋の病で痩せ細っているようには見えない。

ゲッペルトは啜り泣くガブリエラを、眉を下げて見た。

だがすぐにジークハルトに向き直り、大仰に手を広げる。

「そこでですね、ガブリエラを側室にしてはいかがでしょう。陛下にはお世継ぎが必要です。歴代の皇帝の中には側室を二十人ほど抱え、皇子が三十人いた名君もおりましたから、側室を持つのは帝国のためにもなります」

どきりとしたアンネマリーは硬直した。

ガブリエラを、ジークハルトの側室に――？

皇帝には愛人がいるという噂が、前世ではあった。アンネマリーはそれが誰なのか知らないが、もしかしたらガブリエラだったのかもしれない。前世とは違うとわかってはいるものの、もし側室に迎えるとなったら、ガブリエラは正式な妃という位を得る。

側室に皇子が生まれたら、アンネマリーの居場所はなくなるだろう。その前に、ジークハルトがほかの女性と閨をともにするなんて、考えるだけで不安になった。

アンネマリーは動揺して視線をさまよわせる。

だが、ジークハルトは端的に答えた。

「断る。話は以上だ」

「お待ちください、陛下。わたくしは帝国を支えてきた重鎮でございます。我が公爵家は何代にもわたり、エーデル帝国のために尽くしてきました」

「そんなことは知っている」

「ご存じならば、臣下の願いを無下に断るのはあまりにも非情ではございませんか。ほんの少し、一考の余地を残してくださってもよろしいのでは？　せめて夜会でガブリエラと踊ってください。それならばガブリエラも納得できるでしょう」

必死の嘆願に、ジークハルトは渋々頷いた。

「まあ、いいだろう」

「ありがとうございます。それでは、明日の夜会を楽しみにしております」

言質を取ったゲッペルトは慇懃な礼をすると、ガブリエラを連れて退出した。

扉が閉められると、ジークハルトは嘆息する。

「まったく。アンネマリーの前で堂々と娘を側室にしてほしいと願い出るとは、図太い神経だ」

「よいではありませんか。ほぼ見込みはないとゲッペルトはわかっているようですし、夜会で一曲だけ踊れば済む話です。娘を納得させたいという親心なのでしょう」

助言するウルリヒに、ジークハルトは眉をひそめる。

「果たして、それだけで済むだろうか。嫌な予感がするな……」

「おや。陛下も皇妃殿下のように、予知能力が芽生えましたか?」

思わずアンネマリーが咳き込む。

すっかりふたりに、予知能力を持っていると思われているようだが、とんでもない誤解だ。

「わたしは予言や予知しているわけではないわ。あくまでも、偶然よ」

慌てて弁解すると、ジークハルトは微笑みを返す。

「そういうことにしておこう。あなたにはよくない話を聞かせてしまったね。側室の話は必ず断るゆえ、明日の夜会でガブリエラ嬢と一曲だけ踊ることを許してくれるだろうか」

「ええ、もちろんよ」

夜会でのダンスはずっと同じ相手とは踊らず、曲ごとに相手を変えるのが通例だ。公爵令嬢であるガブリエラとジークハルトが踊っても、アンネマリーが咎めることはできない。

本当は、わたしとだけ踊ってほしいけれど……。

そんな願いが胸を衝くが、皇妃としての矜持がある。

ジークハルトの妃として、毅然としていなければならない。

そう思ったアンネマリーは、自分の心の変化に戸惑う。

離婚して皇妃をやめるはずだったのに、今はもうその考えが薄らいでいた。

もはやどうしようもなくジークハルトに惹かれていた。

彼と別れるなんて嫌だった。ずっと一緒にいたい。やはり離婚してジークハルトと別れて生活するなんて、アンネマリーの人生には存在しない選択だった。

わたしは、皇妃をやめたいわけではなかった。毒殺を回避するのが、本来の目的だったのだわ……。

別れなくても死なない方法を探さなくてはならない。未来は変えられるのだから。

そのために、アンネマリーは転生したのだ。

毒殺を回避するには、アンネマリーを毒殺しようとする者を見つけなければならない。

いったい、その人物とは、何者なのか。

〝親愛なる者〟は必ずアンネマリーの近くにいるはずである。


皇帝主催の夜会は、煌びやかなもので満ち溢れている。

麗しいドレスをまとった淑女たちと、エスコートする礼装の紳士たち。シャンデリアはきらきらと光り輝き、人々がダンスを踊るフロアには流麗な音楽が流れている。

ジークハルトとアンネマリーが広間に現れると、紳士淑女たちは一斉にお辞儀をした。

ふたりは皇帝と皇妃の椅子に座り、招待客からの挨拶を受ける。

定期的に開催される夜会は貴族の大切な社交の場である。彼らはここで交流し、子息や令嬢の結婚相手を探すのだ。

フロアには社交界デビューを果たした息子や娘を連れた親たちが、積極的に知り合いに話しかけている。より爵位の高い家柄とつながりを持ちたいため、親たちは必死だ。

アンネマリーが社交界にデビューした十六歳のときにはすでにジークハルトと婚約していたが、彼がぴたりと傍に寄り添っていたのもあり、誰も声をかけてこなかった。

ほかの男性が話しかけてくるのを牽制していたとしたら、あの頃からジークハルトの独占欲は相当なものだったようだ。

次々に貴族たちが挨拶に訪れる中、ゲッペルトが娘のガブリエラを連れてやってきた。

「お招きいただきありがとうございます、陛下。どうぞ娘をよろしくお願いいたします」

「うむ。一曲のみ踊るという話だったな」

ゲッペルトはまるで娘を嫁入りさせるかのような恭しい態度だ。側室の話は断ることになっているわけだが、アンネマリーの胸中はざわめいた。

けれど顔には出さず、にこやかな笑みを意識して浮かべる。

すると、豪奢なドレスを着たガブリエラがジークハルトを見つめながら、媚びた声を出す。

「陛下にお誘いいただいて、本当に嬉しいです。今夜は陛下とふたりきりになるまで帰りませんわ」

誤解を招きかねない発言だ。夜会へ招待しただけだが、まるでジークハルトがガブリエラを指名したかのような言い方である。

世間知らずな令嬢の無邪気さを咎めるまでもないと思ったのか、ジークハルトは黙殺した。彼はガブリエラを見ようとしないので、唇を歪めた彼女は仕方なく引き下がる。

その間際、ガブリエラが鋭い眼差しでアンネマリーを睨みつけた。

ドレスを翻した彼女は、父親からなにかを吹き込まれている。

親子の様子を見たアンネマリーは、心中で首を傾げた。

なんだか、わたしを敵のように思っているみたいね……。

側室を望むのなら、皇妃であるアンネマリーと仲良くするべきではないのか。アンネマリーの立場なら、側室を取らないでほしいと皇帝に頼むこともできるのだ。

もっとも、ジークハルトは明確に断っているので、もう諦めているのかもしれないけれど。

どうにも腑に落ちない。だがすぐに次の貴族が挨拶に訪れたので、アンネマリーは意識を切り替えた。

招待客からの挨拶が一段落すると、皇帝と皇妃が立ち上がる。

宮廷音楽団により、新たな曲の演奏が始まった。

それを合図に、フロアの紳士淑女たちが手を取り合う。

ジークハルトは恭しく左手を差し出す。

「踊ろう。アンネマリー」

「ええ。ジークハルト」

アンネマリーは大きなてのひらに、自らの手を重ねる。

初めは皇帝と皇妃が一曲を踊るのがならわしだ。

フロアの中央に進み出たふたりは、流麗な音楽にのせてワルツを踊る。

ジークハルトのリードは安定感があり、安心して身を委ねられた。

華麗なステップを踏むロイヤルカップルを、人々は吐息をついて眺める。

つながれた大きな手にしっかり握りしめられると、彼への愛しさが湧いてくる。アンネマリーは彼の腕の中にいられることに誇りを感じた。

やがて曲が終わる。

ポージングを解くと、ジークハルトは間近からアンバーの双眸を向けてきた。

彼の瞳は今宵の星のごとく輝いていて、どきんと胸が弾む。

「素晴らしい時間だった。あなたのステップは女神のごとく美しい」

「ふふ。ジークハルトのリードが上手だからよ」

褒めちぎられて、頬が朱に染まる。

彼と踊った時間は夢のように素敵だった。

名残惜しくて見つめ合っていると、そこへガブリエラが割って入った。

「お待たせしました、陛下。さあ、わたくしと踊ってくださいませ」

不躾にもアンネマリーを押しのけて、ジークハルトに手を出している。

いつまでも彼を独占することはできない。夜会では一曲ごとにパートナーを変えるのがマナーなのだから。

すっとアンネマリーは身を引いた。ほかの紳士淑女たちも、別の人をパートナーにして手を取り合っている。

ガブリエラが嬉々としてジークハルトの手を握っているところを見ていたくはない。

ドレスを翻したアンネマリーは壁際へ行こうとした。

だがそのとき、すいと右手を掬い上げられる。

驚いて振り向くと、手を取ったのはローレンツだった。

淑女にうかがいも立てず手を取るとは無礼だが、彼は優美に微笑んでいる。

「俺と踊ってください、皇妃殿下」

「……すでに手を取られているのだけど？　断る余地はないのかしら」

「ありませんね。曲が始まりますよ」

ローレンツが腰を引き寄せるので、仕方なくホールドを組む。

不本意ではあるが、彼を撥ねのけても礼儀に欠けることになってしまうだろう。

踊っている最中、ローレンツの肩越しにジークハルトとガブリエラが目に入る。気のせいか、ガブリエラは必要以上に身を寄せているように感じた。

無意識にふたりを目で追いかけてしまう。すると、耳元に男の声が吹き込まれた。

「俺と踊っているときは俺に集中してほしいですけどね。そんなにあのふたりが気になるんですか？」

ローレンツの嫌味めいた台詞に、アンネマリーはちらりと彼を見る。

「そんなことはなくてよ」

「俺と陛下では、どちらのリードが心地いいですか？」

「それはジークハルトね」

煽られてもアンネマリーは淡々と答える。

彼女の視線は再びジークハルトへ向いていた。

近づきすぎたためか、ガブリエラがジークハルトの足を踏んでいる。だが彼女は謝るどころか、離れようともしなかった。

嘆息したジークハルトが、つとこちらを見た。

気まずくなったアンネマリーは視線を逸らす。

ようやく曲が終わったので、すぐにローレンツから手を離した。

だが彼は腰を抱いた手を離そうとしない。

「このあとテラスへ行きませんか？」

「けっこうよ。あなたに口説かれるつもりはないの」

「つれないなぁ」

するりと男の腕の中から抜け出す。

ジークハルトのもとへ戻ろうとしたが、彼は老齢の紳士に話しかけられていた。そのまま紳士たちの輪に入り、彼らと話し込んでいる。話題の内容は政治のようで、難しい顔をしていた。

邪魔をしてはいけないと思い、アンネマリーは距離を取る。

すると、知り合いの伯爵夫人が声をかけてきた。

「皇妃殿下、こちらにおいでくださいな。男性方はどうせ麻薬組織の話でしょう。おお、こわい」

伯爵夫人は大仰な仕草をすると、アンネマリーを女性たちの輪の中に導いた。

麻薬組織というのは、ジークハルトが話していたスピリンを扱う犯罪組織のことだろうか。

「密かにスピリンを売りさばいている組織のことね。そんなに有名なの？」

「わたくしはよくわかりませんけど、夫が話しておりますの。麻薬組織をまとめるには莫大な資金が必要なので、ボスは貴族か富豪だろうという見方なんですって」

そのとおりだろう。多くの売人を従わせて違法薬物を流通させるには、資金や隠れ蓑となる肩書きが不可欠だ。上位の貴族という身分なら、捜査の目もくぐり抜けやすい。

ほかの夫人も会話にのってきた。

「わたしの夫も言ってましたわ！　逮捕されたらどうしようなんて心配してるんですの。あんな気弱な人に麻薬組織のボスなんてできるわけないのにねぇ」

「最近は貴族の旦那様方はみんな、ボスだと疑われることを恐れているのですわ。逮捕されたら愛人を囲っていることがバレてしまいますものね、ホホ……」

夫人たちは上品に扇をかざして、笑い声を上げた。自分の夫が隠しているのは愛人のことくらいと思っているのか、余裕がある。

だが、身分の高い貴族が麻薬組織のボスだったなどと発覚したら大ごとである。

それゆえ、ジークハルトは慎重に捜査を進めているのだろう。

集まった女性たちは貴族の夫人ばかりなので、愛人と夫への文句に話題が移った。話についていけないアンネマリーは、そっと輪を離れる。

風に当たろうかと思い、窓辺へ近づく。

そのとき、すれ違った令嬢が、どんと肩をぶつけてきた。

派手なドレスを着たガブリエラは、きつい眼差しでこちらを睨みつける。

「まあ、なにをするの⁉」

「あら……ごめんなさい。でも、そちらからぶつかってきたのではなくて？」

「わたくしに言いがかりをつける気なの⁉　なんて無礼なんでしょう」

無礼なのはガブリエラのほうだと思うが。

とても皇妃に対する態度ではない。

アンネマリーは毅然として対応した。

「あなたの言い方は、皇妃への礼を失しているわ。公爵令嬢としての礼儀をわきまえたらいかがかしら」

むっとして唇を尖らせるガブリエラは、謝るつもりはないらしい。

窓辺には人がおらず、誰にも聞かれていないことも彼女を居丈高にしているのかもしれない。さすがに父親やジークハルトの前では、声を荒らげることはしないだろう。

さりげなく周囲をうかがったガブリエラは、ふんと鼻を鳴らした。

「偉そうにできるのも今のうちよ。皇妃へ礼を尽くしなさい、と命じるのはわたくしなのだから」

「なんですって？」

どういう意味だろう。

ガブリエラは側室の座を望んでいるわけだが、彼女は『皇妃』と確かに言った。

皇妃の称号を持つ者は、正妻のみである。側室の場合は夫人と呼ばれる。ガブリエラは成人しているので、アンネマリーと年齢は同じくらいだ。社交界にデビューしたての年齢ならともかく、成人している彼女がその敬称の違いを知らないはずはないのだが。

つんと顔を背けたガブリエラは疑問に答えることなく去っていった。

彼女は何事もなかったかのように知り合いの令嬢に話しかけ、お喋り（しゃべ）りを始めている。

ガブリエラの率直さは無邪気とも言えるが、非常に危うい。

不穏なものを感じたアンネマリーは窓の外を見上げた。空にはいつの間にか、暗雲が垂れ込めている。

夜会から数日後——。

ジークハルトと穏やかに昼食を取っていたとき、突然その知らせはもたらされた。

硬い表情をしたウルリヒが、ジークハルトに伝える。

「陛下、大変なことになりました」

「食事中だ。手短に報告せよ」

「ガブリエラ嬢が倒れました。お茶に毒が混入されていたとのことです」

「なに？」

眉をひそめたジークハルトは皿にフォークを置いた。

彼は素早く口元をナプキンで拭う。

「毒とは、スピリンか？」

「成分の結果はまだ出ていません。命に別状はないとのことです。ゲッペルト大臣と医師が屋敷にいます。至急、陛下に来ていただきたいとのことです」

「わかった。すぐに向かおう」

席を立つジークハルトに続き、アンネマリーも立ち上がった。

ガブリエラが毒殺されるなんて、どういうことなのか。彼女の容態も気になる。

「わたしも行くわ」

「アンネマリー……毒を飲んだ者は見るも無惨な状態になる。気分のよいものではないと思うが、それでも行くのかい？」

ごくりと唾を飲み込む。

きっと前世で毒殺されたアンネマリーは、ひどい状態で発見されただろう。

そう思うと恐れが湧いたが、今回のガブリエラの件で、麻薬組織の糸口が摑めるかもしれない。それはアンネマリーの前世の毒殺となんらかの関係があるかもしれないのだ。

覚悟を決めたアンネマリーは、しっかりと頷いた。

「平気よ。それに、命に別状はないのでしょう？　ガブリエラのお見舞いに行かせてちょうだい」

「そうか。それならともに向かおう」

ジークハルトと一緒に宮廷を出て、馬車に乗り込む。ウルリヒとクラーラのふたりが側近として同行した。

公爵家の屋敷は宮殿にほど近いタウンハウスである。

貴族の屋敷が建ち並ぶ一角に、馬車は辿り着いた。

ウルリヒが真鍮（しんちゅう）製のドアノッカーを叩くと、すぐに執事が顔を出す。一行は奥の部屋に案内された。

そこはガブリエラの部屋のようで、純白の家具に囲まれていた。

室内で不安げな顔をしていたゲッペルトが、すぐにこちらに気づく。

「陛下！　よくぞお越しくださいました。ガブリエラは何者かに毒を飲まされたのです。娘はお茶を飲んだ途端に笑い出して挙動がおかしくなりましたが、嘔吐しました。ですがメイドが……」

「落ち着け。ガブリエラの容態はどうだ？」

「命は取り留めましたが、ひどく憔悴しております。どうか娘に会ってやってください」

ゲッペルトは隣の寝室に案内する。

室内には白衣を着た老齢の医師が付き添っていた。

ベッドにはぐったりしたガブリエラが横たわっていた。顔色は青ざめて、生気がない。

ジークハルトが顔を覗き込むと、彼女はうっすらと瞼を開けた。

「陛下……来てくださったのですね」

ガブリエラが縋るように手を上げたので、ジークハルトはその手を握った。

病人の見舞いではあるものの、ジークハルトが彼女の手を握り、ひたむきに見つめているので、アンネマリーの心がかき乱される。

「大変な目に遭ったようだな。しばらくゆっくり休むといい」

「陛下、お願いです。わたくしに毒を飲ませた犯人を見つけてください」

ジークハルトは怪訝な顔をした。彼は握ったガブリエラの手首に、もう片方の指を当てている。脈拍を測っているのだ。

「毒を飲ませた犯人ということは、あなたが自分で飲んだのではないのだな？」

「とんでもありません！　陛下の妃になれると喜んでいましたのに、どうしてわたくしが自殺なんてする必要がありますの⁉」

「それもそうだ。……脈は正常だな。顔色は悪いが、声が出るところを見ると軽症のようだ」

「わたくしは死ぬかもしれませんでした。きっと、わたくしが陛下の妃になることを快く思わない人の仕業ですわ」

呪いを吐くように呟いたガブリエラは、アンネマリーを横目で見た。

彼女はわたしを疑っているの……？

心の中で首を傾げる。あまりにも乱暴な疑いだ。ガブリエラは自分の屋敷でお茶を飲んでいたのだから、アンネマリーがそれにかかわれるはずがない。

ジークハルトも同じように思ったようで、彼は呆れた溜息をついた。

「考えが飛躍しすぎだろう。お茶を淹れたのは屋敷のメイドではないのか？」

それを聞いたゲッペルトが控えていた侍従に合図をした。

心得た侍従が部屋を出ていく。

「すでにお茶を淹れたメイドは捕らえています。ですが、とある人物に命令されただけと言っていまして……」

「とある人物とは？」

「わたくしの口からは言えません。直接、陛下に聞いていただきましょう」

すぐに侍従が若いメイドを連れて戻ってきた。

怯えた様子のメイドは手首を縄で縛られて拘束されている。彼女がガブリエラの飲んだお茶に毒を混入させたらしい。

ゲッペルトは厳しい口調でメイドに問い質した。

「おまえがガブリエラの飲んだお茶に毒を混ぜたことは間違いないか」

「……はい。でも、命令されただけなんです。言いつけどおりにしないと命はないと脅されたんです」

「誰にだ。正直に答えろ」

うろうろと視線をさまよわせたメイドは、アンネマリーの後ろに控えていたクラーラを、縛られた手で指差した。

「皇妃殿下の侍女の、クラーラから、命令されました」

全員の視線がクラーラに集まる。

名指しされたクラーラは、いっぱいに目を見開いた。

「え……なにを言っているのですか……？　そんな命令をした覚えはありません。そもそも彼女と面識すらないのですから」

「……密かに森で会いました。主の命令だと、クラーラは言いました。皇妃がメイドを葬ることくらい簡単だと脅されました」

メイドの証言に、アンネマリーは息を呑む。

なんと、毒を混入するよう指示したのはアンネマリーだというのだ。

まったく身に覚えのないことである。クラーラにそのような指示を出していないし、公爵家のメイドとクラーラが連絡を取る機会などないはずだ。

クラーラは声高に叫んだ。

「でまかせです！　どうして嘘をつくんですか！」

「嘘じゃありません！」

メイドたちの言い争いを遮るように、ジークハルトが手を上げた。

ふたりは口を噤む。クラーラは目を伏せたが、納得がいかないという顔をしている。

アンネマリーだって到底信じられなかった。いったいどうなっているのか。

「ここで議論しても平行線を辿るだけだ。公爵令嬢が毒を飲まされた疑いを見過ごすことはできない。宮廷で審議にかけよう」

ジークハルトは冷静な判断を下した。宮廷での審議は裁判とは違い、容疑者に事情を聞いたのちに皇帝を含めた審議員で採決を下すという流れになる。身分の高い貴族がかかわっている場合など、身柄を警察に引き渡すわけにもいかないからだ。

だがそれは、アンネマリーが有罪であるという可能性を含んでいるから、審議にかけられるのである。

皇妃が公爵令嬢を毒殺しようとしたなどということが発覚したら、国家を揺るがす大事件だ。

もちろんアンネマリーは自分が無実だとわかっているものの、大変不利な状況にある。側室を娶ることを嫌がった皇妃が公爵令嬢を亡き者にするという筋書きは、いかにも古代から繰り返されてきた女の執念の具現化だからだ。

ゲッペルトとガブリエラは、疑惑の目をアンネマリーに向けた。

「皇妃殿下がまさか、わたくしの娘を毒殺しようとしたなど……。側室を排除しようという意図でしょうが、あまりにもむごいではありませんか」

「ひどいわ……。わたくしは陛下をお慕いしているだけなのに……」

父娘は完全にアンネマリーが首謀者だと思い込んでいる。

ジークハルトは追い込まれていくアンネマリーを庇うように前に立つ。

「憶測でものを言うのはやめよ。私の皇妃がそのような浅はかなことをするはずがない」

彼は信じてくれるのだ。

ほっとしたが、疑いの目はやまなかった。

だが、言い訳することはなにもない。

アンネマリーは堂々と胸を張った。

「わたしは潔白です。それは審議の場で明らかになるでしょう」

前世では毒殺される側だったのに、まさか今世では毒殺の犯人として疑われることになるなんて思ってもみなかった。

だけど潔白を主張するしかない。

アンネマリーは不確かな未来を、手探りをして進むしかなかった。


数日後――。

宮廷内の一室で、ガブリエラ公爵令嬢が毒入りのお茶を飲んだ件について審議された。

アンネマリーも証人として呼ばれたので、席に着いていた。

ガブリエラは体調が優れず、ベッドから起き上がれないとのことなので、代弁者としてゲッペルト大臣が出席している。

クラーラはがたがたと身を震わせていた。

彼女は潔白だとアンネマリーは信じているが、もし有罪になるようなことがあったら、皇妃の侍女をクビになってしまう。それどころかクラーラは投獄されてしまうだろう。もちろんそうなれば、首謀者であるとされているアンネマリーも罪人になってしまう。

だが身に覚えのないことなので、有罪になるはずがない。

アンネマリーは優しくクラーラに語りかけた。

「大丈夫よ、クラーラ。すぐに疑いは晴れるわ」

「はい……」

クラーラの顔は青ざめていたが、しっかりと頷く。

玉座に腰を下ろしたジークハルトは平静な様子で言った。

「これより、ガブリエラ公爵令嬢が毒を混入された件についての審議を始める」

居並ぶ審議員たちと、ゲッペルトは礼をした。

ジークハルトの近くの椅子に座っているアンネマリーと、隣のクラーラも頭を垂れる。

まずは医師が立ち上がり、ガブリエラから検出した毒について説明する。

「公爵令嬢が吐き出したものから成分を分析しましたところ、スピリンが含まれていたと判明しました。ごく少量だったのと、すぐに嘔吐したことで、軽症で済んだと思われます」

「やはり、スピリンか……」

ジークハルトは溜息を漏らす。

少量ならば高揚感を覚えて気持ちよくなるらしいが、致死量を含んだら死んでしまう危険薬物だ。

だけど、麻薬組織が売りさばいているとはいえ、わずかな量でも高額だろう。だから貴族をターゲットとして麻薬パーティーが開かれているのだ。

公爵家のメイドはどうやってスピリンを入手したのだろうか。

俯いているメイドに、ジークハルトは質問した。

「エルマといったな。そなたは紅茶にスピリンを混入したことを認めているが、どこで入手したのだ」

エルマは、ちらりとゲッペルトを見た。

ゲッペルトは重々しく頷く。

すべて正直に告白せよという合図に見えた。

「……皇妃殿下の侍女のクラーラから受け取りました。すでに告白していますが、ガブリエラ様の紅茶に入れろと指示したのもクラーラです。皇妃殿下からの命令だそうです」

なぜ、エルマはそんな嘘をつくのか。

椅子から立ち上がったアンネマリーは毅然として言った。

「そんな命令はしていないわ。すべてエルマの嘘です」

「皇妃殿下のおっしゃるとおりです。わたくしは、エルマという侍女と話したことすらありません。麻薬など持っていないことは調べていただければわかります」

クラーラも懸命に証言する。

そこへ、ゲッペルトが身を乗り出す。

「なんという傲慢さだ。そのクラーラという侍女の証言こそが嘘です。なにしろ、こちらには証拠があるのですから」

「証拠ですって？」

アンネマリーは首を捻る。

まったく身に覚えがないことだというのに、いかなる証拠があるというのか。

ゲッペルトは、控えていた上級警察の制服を着た男を促した。

上級警察は貴族が抱えている警察機関のひとつである。

警察官は、ピンセットを使って袋から小さな包み紙を取り出した。薬を入れておくような包みである。それを紙を敷いたテーブルにのせる。

「クラーラという侍女の部屋を捜索しましたら、こちらが発見されました。鑑定の結果、包みの中に入っている白い粉はスピリンと判明しました」

クラーラは目を見開く。

彼女は必死に弁明した。

「麻薬のわけがありません！　その包みはわたくしが普段から飲んでいる頭痛薬です」

「こちらが薬物の鑑定書です。医師と薬剤師のサインが入っていますので、正式な鑑定結果です」

上級警察の男は鑑定書を侍従に提出した。羊皮紙に書かれたそれを侍従はジークハルトに差し出す。

つぶさに目を通したジークハルトは双眸を細める。

「なるほど。確かに本物の鑑定書だな」

ジークハルトが見た鑑定書は、審議員たちに回された。

審議員たちは書類を見て頷くと、こちらに訝しげな眼差しを向ける。

クラーラは絶望したように肩を震わせる。

「そんな……そんなわけありません。わたくしはなにも知りません！」

アンネマリーは侍従が掲げた鑑定書を目にして、驚愕した。

複数の専門家が鑑定した正式なものである。

ということは、クラーラが麻薬を取り扱っていたのが事実であるとされる。そうすると、ガブリエラの殺害を命じたのはアンネマリーであり、皇妃が麻薬取引にかかわっているとされてしまう。

そんなことになったら、歴史を揺るがす大事件になる。

しかも無実の罪でだ。

アンネマリーは毅然として言い放った。

さい」

「偽装だわ！　クラーラの部屋から見つかった粉がスピリンであるという証拠を提示しな
さい」

警察官はゲッペルトを、ちらりと見た。

なぜかゲッペルトが代弁する。

「往生際が悪いのではありませんか、皇妃殿下。証拠を見せろとおっしゃるなら、皇妃殿下及びクラーラが麻薬を扱っていない証拠を見せていただきたい」

「麻薬を扱っていない証拠ですって……？」

「さよう。そちらも証拠を提示してくださるなら、審議員の皆様も納得されるでしょう」

アンネマリーは窮地に立たされた。

証拠を提示しなければ、このまま犯人にされてしまう。

だが、提出できるような物的証拠はなにもない。

なんらかを準備しておくべきだったわ……。

緊張で冷や汗が滲む。証拠はでっち上げられたものだとわかっているが、それを証明する手立てがない。クラーラが麻薬を扱うような人間ではないと主張しても、それはアンネマリーの主観的な意見に過ぎない。

「もう一度、調査してちょうだい。クラーラは頭痛薬だと証言しているわ。わたしも、彼女が麻薬を扱うようなことはないと知っています。何者かがわたしたちを犯人に仕立て上げるために偽装したのでしょう」

偽装したのは、ゲッペルトである可能性が非常に高い。

アンネマリーが罪を犯したとなれば、廃妃もありえる。彼が望んでいた皇妃の椅子は容易に手に入るだろう。そのためにメイドに嘘の証言をさせていると思われた。

だが、第三者に証明できなければ、すべて憶測の域を出ない。

懸命に弁明しても、アンネマリーの苦しい言い訳のように審議員の目には映った。

ゲッペルトは哀れなものを見るような目をこちらに向ける。

「皇妃殿下。それは思い込みでしょう。つまり証拠はないということですな？」

ぐっと詰まったアンネマリーだが、諦めることはできない。

「証拠は必ず見つけるわ。偽装も暴いてみせましょう」

「あくまでも認めないつもりですか。早く罪を認めたほうが、皇族の名に傷をつけずに済むのではありませんか」

まるでアンネマリーの罪が決定しているかのような言い方に、反感を覚える。

言い返そうとしたそのとき、ジークハルトが手を上げる。

議論をやめよという合図だ。

口を閉ざした両者は、皇帝の採決を待った。

「もう一度、私のほうで調査を行う。その結果を受けて、最終的に判断しよう」

「陛下！　ガブリエラは命を落とすところだったのですぞ。それなのに皇妃殿下を野放しにしておくのはいかがなものでしょうか。ガブリエラだけでなく、宮廷の者になにかあったらどうするのです」

ゲッペルトが嚙みつくように意見したので、審議員たちは一様に頷く。

彼らはいずれもゲッペルトと同年代だ。妙齢の娘がいれば心配するのは親心として当然と言える。

ジークハルトは冷静に告げた。

「皇妃アンネマリーは離宮に謹慎処分とする。侍女クラーラも同様である。調査が完了し、正式に処分が決定するまで、外出は許可されない。離宮には見張りをつける」

皇帝の判断に、居合わせた全員が頭を垂れる。

アンネマリーは納得したわけではないが、これ以上なにを言っても無駄だろう。

なにより無実の証拠を提出できないのでは、処分を覆せない。

必ず、自分とクラーラの無実を証明しなければならない。

アンネマリーは堂々と胸を張り、審議の場を出る。

ジークハルトに懇願するような態度は取らない。

わたしは潔白なのだから、彼に泣きついたりしないわ――。

兵士に囲まれた皇妃を、審議員たちは怪訝な目で見ていた。

険しい顔をしたジークハルトは、アンネマリーが出ていった扉を見つめていた。


その日から、アンネマリーの離宮での生活が始まった。

離宮とは名ばかりのそこは、罪を犯した皇族を幽閉しておく牢屋である。

石造りの壁は剝き出しで、黴臭さが鼻を突く。ベッドや机は簡素な木製で、壊れかけていた。食事は日に三度あるが、パンと水しか出されない。

宮廷での豪華な暮らしとはかけ離れていた。

もちろん身の回りの世話をする侍女はクラーラしかいない。

絶望したクラーラは涙を浮かべる。

「どうしてこんなことになってしまったのでしょう……。陛下はアンネマリー様を見放されたのでしょうか？」

彼女がそう思ってしまうのも道理である。

もはや廃妃されたも同然の待遇だ。

廃妃どころか、無実を証明できなければ、おそらく一生ここから出られないだろう。

軋む椅子に腰かけたアンネマリーのドレスは薄汚れていた。着替えが届けられないので、同じドレスを着ているからだ。多数の侍女たちに囲まれて、綺麗なドレスを選び、鏡台で髪を結い上げて化粧をしていたときとは雲泥の差だった。

だが皇妃の矜持まで失ったわけではない。

アンネマリーはジークハルトを信じていた。離宮での謹慎は審議員の反応を考えての処分であり、形だけのものだ。彼は心の中では、アンネマリーが事件の首謀者だなんて思っていないはず。

「そんなことはないわ。きっとジークハルトは、わたしたちの無実を証明してくれるはずよ。そうしたらすぐに宮殿に戻れるわ」

クラーラを慰めるものの、保証はなかった。悄然とした彼女の表情は暗い。

「本当にあの薬は頭痛薬なんです。どうして麻薬だなんて鑑定されたのでしょうか……」

「鑑定書に間違いはなさそうね。本当に麻薬だったんじゃないかしら」

「アンネマリー様、わたくしはそのような罪はいっさい……！」

彼女の肩に手を置いてクラーラを落ち着かせる。

アンネマリーはもちろん、クラーラが無実だとわかっている。独身の彼女は宮廷内に部屋があり、そこで寝泊まりをしている。麻薬を入手するような機会はないし、彼女が頭痛持ちで頻繁に頭痛薬を服用していることは知っていた。

ただそれを証明する手段がない。

主人だからといって、侍女のすべてを管理しているとは言えないからだ。

「上級警察が薬をすり替えて鑑定に出したのではなくて？」

そうとしか考えられない。

ゲッペルトはやたらと手際がよすぎる。あの警察官は公爵家の専属なのだろう。だが容疑者である侍女の部屋を捜索するのは、上級警察に与えられた正当な権限だ。アンネマリーの部屋を勝手に捜索することは許されないので、クラーラならば犯人に仕立て上げやすい。

しかもエルマは公爵家の侍女だ。彼女がゲッペルトの一味なのは想像に易い。

ゲッペルトの筋書きどおりと思えた。

アンネマリーは独りごちる。

「わたしを毒殺の犯人に仕立て上げて、廃妃するつもりなのね」

自分の意思で離婚するのと、廃妃されるのはまったく違う。

このまま汚名を着せられているわけにはいかなかった。

すっと椅子から立ち上がったアンネマリーは決意を固める。

どうやら、時期がやってきたようだ。

すべてを明かすときが、今なのだ。

机に向かったアンネマリーは羽根ペンを取った。

インク壺にペン先をつけ、羊皮紙に文字を綴る。

どうか、この熱意が届きますように……。

薄暗い部屋で祈りながら、アンネマリーは手紙をしたためた。


手紙を綴ってから、二度の朝と夜が過ぎ去った。

外出は許可されず、鍵のついた門の外では兵士が見張っている。小さな格子窓からわずかな光が零れるのみの離宮にいると、陰鬱な気持ちになった。

ジークハルトはなにかを摑めただろうか。

外の様子がまるでわからず、情報がないので、不安に駆られる。

椅子に座ってじりじりと時が経つのを待つしかないのは、魂が削られるようだった。

そのとき、門が開いた音が耳に届く。

食事の時間ではないのに、どうしたのだろう。

吉報だろうかという期待に胸が高鳴る。

クラーラが部屋の扉を開くと、そこには宮廷の下級侍女が盆を手にして立っていた。いつも食事を持ってくる侍女だ。

「皇帝陛下からの賜りものです。どうぞ飲んでください」

突き出すようにされた盆を、クラーラが受け取る。

身を翻した下級侍女は、さっさと門を出ていく。元どおりに兵士が錠前をつけていた。

盆には、白磁のティーカップが一客だけのせられていた。

ジークハルトからの贈り物だというものを目にして、クラーラの頬が綻ぶ。

「まあ……ブルーティーですわ。幸運を呼ぶというブルーツリーから抽出した貴重なお茶です」

「えっ」

ブルーティーと聞いて、アンネマリーの心臓がどきりと跳ねる。

それは前世で毒殺されたお茶だった。

あのときの舌の痺れを思い出し、背筋が震える。

テーブルに置かれたティーカップには、鮮やかな青色をしたブルーティーがたゆたっている。

前世と同じだわ……！

〝親愛なる者〟からの贈り物のブルーティーも、これと同じ色だった。

ただ、今世ではジークハルトからだという。

まさか、わたしに死を賜るという意味なの……？

前世でもアンネマリーに毒を盛ったのは、ジークハルトなのか。

状況は違っているが、こうして同じことを繰り返すというのか。

やはり、死ぬ運命なのか。

アンネマリーは震える手でカップを持つ。

口元へ持っていったが、匂いはなかった。前世でも妙な香りがしなかったので、なんの疑問も持たずに飲んだのだ。

ぐい、とカップを傾ける。

「アンネマリー様……！」

クラーラの驚いた声が部屋に響く。

どさりと倒れた音がして、兵士が部屋に駆けつけてきた。

六章　毒殺された皇妃のその後

ジークハルトは物憂げな顔で執務机の椅子にもたれていた。

審議の場では、アンネマリーとクラーラを謹慎処分にせざるを得なかった。

どういった処分を下すかは皇帝の采配なのだが、あの状況では皇妃だからといって無罪にすることはできない。

証拠を提示された以上、ゲッペルトの言い分が優勢であり、審議員の感情もそちらに味方していた。

だが、あくまでも一時的な措置である。

ジークハルトはアンネマリーが毒殺を指示したと疑っているわけではない。

それは彼女を愛しているからという個人的な理由だけではなかった。

状況を俯瞰（ふかん）すると、奇妙な点が多々あるのだ。

「スピリンの入手先が不明だ。エルマがクラーラからスピリンを渡されたと証言しているが、ではクラーラはどこから手に入れたのだ？」

宮廷内でスピリンが出回っているとなれば一大事だ。独自に調査させているが、入手経路は不明なままである。クラーラが売人と接触した形跡はない。彼女の部屋をこちらで再調査したが、怪しいものは発見できなかった。

そもそも皇妃付きの侍女なので、外部との接触は限られている。もちろんアンネマリーにも、怪しい者が近づいた記録はなかった。

真犯人は別にいる——。

その勘が働いたジークハルトは調査を進めていた。

報告書類を眺めているジークハルトに、ウルリヒが声をかける。

「白を黒と思い込ませるのは容易いですが、白を白だと証明するのは難しいと言われていますね」

「ほう。ウルリヒも、アンネマリーは濡れ衣を着せられたと思っているのだな」

「皇妃殿下が潔白であるという証拠を提示できなかったのは事実ですが、ゲッペルトもまた、クラーラが所持していたという包みが頭痛薬なのか、スピリンなのかという証拠を提示できておりません」

「鑑定書は間違いなくスピリンだが」

「証拠を発見した警察官が、クラーラの部屋から見つかった頭痛薬をスピリンとすり替えることは可能です。すり替えができない証拠が提示されていないということです」

まるで言いがかりのようではあるが、ウルリヒの見解は審議の内容をテーブルに並べて見てみただけのことである。つまり事実に相違ない。

「そこに疑惑の正体があると、私は思っている」

「同感でございます」

ウルリヒは慇懃に頭を下げた。

この麻薬がどこからやってきたのかが、問題の核と思われる。

クラーラとアンネマリーからなにも出てこないのなら、スピリンを発見した警察官が出所という理屈になる。

審議で証言した警察官に、再度事情を聞きたいと何度も要請しているが、体調不良で入院中のため応じられないとのことだった。しかもメイドのエルマも同じ理由で呼び出しに応じない。審議では健康そうだったのに、明らかに不審だ。

思考を巡らせていると、侍従が扉をノックした。

「ゲッペルト大臣がお見えです」

「入れ」

ゲッペルトは呼び出しに応じるらしい。

彼は揚々として執務室に入ってきた。

ジークハルトは椅子に座しながら問いかける。

「ガブリエラの容態はどうだ？」

「回復しましたが、安静が必要との医師の判断で休ませています。後遺症はなく、体は健康で美貌にはなんの影響もありません」

まるで商品価値は下がっていないとでも言いたげなゲッペルトに眉をひそめる。

だが、ガブリエラの容態にはさして興味がないので、挨拶代わりだ。さっさと本題に入ることにする。

「審議で証言した警察官とメイドのエルマは入院中とのことだが、私の呼び出しに応じられないほど体調が悪いのか？」

「さあ……わたくしはわかりかねます。部下の容態を気にかけているほど暇ではありませんので。それよりガブリエラを見舞ってやってください、陛下」

「彼らの証言には不審な点がある。それを明確にするために再度事情を聞きたいわけだが、退院の予定はいつなのだ」

ゲッペルトは明らかに不満を顔に表した。

ガブリエラの容態は安定しているようだし、医師からは軽症という診断結果がすでに出ている。ジークハルトが気にかけているのは事件の真相である。

このままではアンネマリーが首謀者ということにされてしまう。そうなったら廃妃もありえる。

アンネマリーは離婚したがっていたが、不仲での離婚と、罪を犯しての廃妃ではまったく事情が異なる。廃妃になれば、彼女は生涯幽閉という措置か、もしくは死を賜るという事態になるだろう。

なんとしても事件の真相を突き止めなければならない。その必死さを押し隠し、ジークハルトは平静な顔でゲッペルトを観察した。

彼は大仰に手を広げる。

「なぜ彼らに話を聞く必要があるのです。審議は決着しています。皇妃殿下、いえ、アンネマリーがわたくしの娘を殺そうとした首謀者です。きっと側室の話を聞いて、それに不満を持ったのでしょう。そんな女に皇妃の資格はありません。アンネマリーを廃妃して、ガブリエラを皇妃にしてください」

ゲッペルトの意見に驚きはなかった。

彼の描いた筋書きどおりに思える。

側室の話は明確に断っているわけだが、皇妃にはできないと現時点では断りにくい。

公爵令嬢が危険薬物を盛られた件は内々に済ませたかったのだが、アンネマリーを離宮送りにしたこともあり、宮廷では誰もが事件を知っていた。

そしてアンネマリーが廃妃されるのではという噂も出ている。

皇妃の席が空けば、大臣であるゲッペルトが娘を皇妃に推すのは至極当然だ。

だが、どうにも作為を覚える。

ガブリエラを皇妃にしようという目的を果たすため、ゲッペルトが真相をうやむやにしている気がする。

否、調査が進まなければ、真相は闇に葬られてしまうのだ。

納得のいく証拠と証言を入手して、必ずやアンネマリーの汚名を晴らしてみせる。

しかし、ゲッペルトにはっきり言ってしまうと、証拠隠滅を計られるかもしれない。

「考えておこう」

ひとことだけ言うと、とりあえずゲッペルトは納得したようだ。

何度も頷いた彼は深々と礼をすると、退出した。

決裁した書類を確認していたウルリヒは、何気なく零す。

「もはや証拠隠滅は済んでいるようですね」

「おまえは千里眼か」

「あくまでも憶測に過ぎません。証拠を提示できなければ、すべては憶測です」

「そのとおりだ。手は打ってある」

ウルリヒもゲッペルトが首謀者だと思っているようだ。ゲッペルトの狡猾さを考えると、証人を呼び出すなどという悠長なことをしているわけにはいかないだろう。

先を超して、行動を起こす必要がある。

執務室のドアがノックされ、呼び出した人物が入室してきた。

「お呼びですか、陛下」

騎士のローレンツは悠然とした笑みを湛え、胸に手を当てて騎士の礼をする。軍装をまとった彼の襟元には、部隊長の襟章が輝いていた。

「私の不興を買って昇進した部隊長の居心地はどうだ」

「上々です」

剣闘士大会で優勝したローレンツは、皇帝に戦いを挑んで敗北したが、それは失態と捉えられなかった。むしろ皇帝に勝つほうが問題になるので、通例どおりに昇進という褒賞を得て丸く収まったのだ。

ジークハルトとしては彼に手心を加えられたわけではなく、実力で勝ったので、まるでローレンツが手加減したので勝てたというような周囲の見方は不服であるが、この件に関してどうこう言うつもりはない。

アンネマリーに近寄る色男なので面白くはないが、ローレンツの実力は認めている。

書類をデスクに置いたジークハルトは、鋭い双眸を向けた。

「さらに昇進の機会を得られるかもしれないぞ」

「公爵令嬢の毒殺未遂事件についてですね。俺は陛下の忠実な犬ですから、なんなりとご命令ください」

「話が早いな」

「宮廷は皇妃殿下の廃妃の噂で持ちきりですからね。なにやら陰謀を感じますが」

「陰謀を暴く役目をおまえに与えよう。とても簡単な任務だ」

「光栄です」

ローレンツに事情を説明し、指示を出す。

聡明な彼は余計な質問はしない。命令を受けると「お任せください」と返事をし、慇懃な礼をして退出した。

「さて……どうするか」

証拠が見つかっても、それを有効に使えなければ真犯人を捕らえることは難しい。

今後の絵図を思い描きながら、ジークハルトは肘掛けにもたれた。

そのとき、再び扉がノックされる。今日は訪問が多い。

すでに予定していた訪問は終えているので、急ぎの用件でなければ断りたいところだ。

侍従は「離宮の衛兵です」と告げた。

眉を跳ね上げたジークハルトは、すぐに「入れ」と命じる。

入室してきた衛兵は慇懃な礼をした。

彼は離宮の見張りをしている兵士のひとりだが、ジークハルトの側近でもある。アンネマリーの身を守るため、密かに側近をつけていたのだ。

その男が持ち場を離れて急に訪ねてくるということは、なんらかの不測の事態が起こったのか。

ジークハルトは声をひそめた。

「なにかあったのか？」

ウルリヒには聞かれても問題ないが、アンネマリーの身に何事かあったのではという緊張が走る。

衛兵は硬い表情で告げた。

「皇妃殿下が、毒殺されました」

目を見開いたジークハルトは絶句する。

叫びそうになる衝動を必死にこらえた。

「どういうことだ。状況を説明しろ」

「陛下宛ての手紙を、お預かりしております。まずはこちらをお受け取りください」

差し出された手紙は、蠟で封印されている。

震えそうになる手で受け取った封書を、ペーパーナイフで開封した。

まさか、アンネマリーの遺言なのか……？

手紙を広げたジークハルトは綴られた文字に目を通す。

そこには衝撃的な内容が書かれていた。

アンネマリーが毒殺されてから、数日が経過した。

離宮での惨事は侍女たちに漏れていた。クラーラが重要参考人として牢に移り、離宮は閉鎖されたからだ。

自らの運命を悲観した皇妃は自殺したのだという噂が宮廷内に密やかに流れたが、ジークハルトは事を公にしなかった。

まだそのときではないと判断したからだ。

緑豊かな庭園に設けられた椅子に腰かけているジークハルトは、物憂げな顔をしていた。

彼の黄金色の髪が、そよ風に揺れている。

コニファーに囲まれたティールームは憩いの場だ。

だが、ともに紅茶を楽しむ妻はいない。

ジークハルトは呼び出した人物がやってくるのを待っていた。

すべての決着をつけるために――。

やがて、侍従に案内されたふたりが姿を現す。

「陛下。このたびはお茶会にお招きいただきまして、恐悦至極に存じます」

ゲッペルトは恭しく挨拶をした。彼が伴っているガブリエラもドレスを摘まんで、淑女の礼をする。

ふたりとも、祭事でもあるのかという豪奢な衣装を身にまとっていた。

まるで皇妃に指名される儀式が行われるとでも思っているようである。お茶の席に呼び出しただけなのだが。

「お茶会というほどではないがな。話があるので呼んだのだ」

向かいの椅子にかけるよう、てのひらを差し出す。

ふたりは、いそいそと座った。

政務の話以外でゲッペルトに椅子を勧めたことがないせいか、ふたりとも誇らしげな笑みを浮かべていた。

ガブリエラは待ち切れないのか、満面の笑みで問いかける。

「陛下。わたくしを皇妃にしてくださるのよね？」

「こら、待ちなさい、ガブリエラ。それは陛下から正式にお伝えしていただく話だ」

浮かれているふたりに、ジークハルトは涼やかな声で答えた。

「皇妃はアンネマリーだが。そなたらは、側室を望んでいたのではないか？」

「そのつもりでしたが、噂によると、皇妃殿下は自害されたとか。大変悲しいことです。陛下の心中をお察しいたします」

悲しいというわりには、ゲッペルトの口元は綻んでいる。

アンネマリーが毒を飲んで死んだという噂は宮廷内に知れ渡っているので、ゲッペルトの耳に入っていてもなんら不思議はない。

ジークハルトは手をかざした。

「その話は他言無用だ。私はまだ公表していない」

「おっと……そうですな。しかし、皇妃の椅子が空席になるのは帝国にとって望ましくないことです。ガブリエラを皇妃にしていただければ、事は丸く収まるのではないでしょうか。アンネマリーはガブリエラを殺そうとして失敗し、その罪の重さに耐え切れず自害したのですから」

「そうだな……。もしかすると、ガブリエラが毒を飲んだふりをしてアンネマリーに罪を着せようとしたのではないかと私は考えたが、宮廷医師が検出したのは間違いなく危険薬物のスピリンだった。鑑定結果にも問題はない」

ガブリエラがスピリンを飲んだことは裏付けが取れている。よって、医師に鑑定結果を偽造させたわけではない。

ゲッペルトは憤慨したように眉根を寄せた。

「純粋なガブリエラがそのようなことをするはずがありません。審議の結果はすべて事実そのものです。ほかにもどこか、陛下の気になる点がございましたら、どうぞおっしゃってください。それが解決してこそ、ガブリエラを皇妃にできるでしょうから」

「ふむ……」

ジークハルトは風にそよぐ葉を眺めつつ考えを巡らせる。

皇帝の疑問点を解決すれば皇妃になれるのだと、ふたりは期待に目を輝かせてジークハルトの言葉を待った。

そのとき、侍女がお茶を提供する。

テーブルに置かれた白磁のティーカップを目にしたガブリエラは、びくりと肩を跳ねさせた。

「えっ……なにこれ⁉」

ティーカップには、毒々しいほど青い液体が注がれていた。

ガブリエラのお茶のみがブルーで、ジークハルトとゲッペルトのティーカップは飴色の紅茶である。

「私が用意させたブルーティーだ。幸運を呼ぶと謳われるブルーツリーから抽出した貴重なお茶だ」

「……でも、暗殺茶とも言われてますわね。スピリンを混ぜると、より青くなるんですのよ」

「詳しいのだな。いかにも、致死量のスピリンや毒物を加えると、ブルーティーはさらに濃い青色になる。だがそれは毒入りとそうでないカップを比べないとわからない程度だ。

私は実験して比べてみたのだが、毒入りのほうを見ても、ブルーティーとはこういうものだと思ってしまうくらいだという印象を受けた」

「わ、わたくしも、聞いた話ですの……」

ガブリエラは気まずげに目を逸らす。

ティーカップに手をつけない彼女は、傍に控えていた侍女を呼びつけた。

「ちょっと。紅茶に替えてちょうだい」

「毒入りではございませんので、安心してブルーティーをお飲みください」

「……変なものを入れたんじゃないでしょうね」

長い前髪で目元を覆っている侍女は、にこやかに言った。

「なにが入っているかは、ガブリエラ様が一番よくわかっているんじゃありませんか?」

「なんですって⁉　生意気な侍女ね！」

かっとしたガブリエラは手を上げて侍女を叩こうとしたが、ゲッペルトに腕を引かれて踏み留まる。

一歩身を引いた侍女が笑みを刷（は）いているので、挑発されたと思ったガブリエラは彼女を睨んだ。

皇妃になろうという女性が侍女に手を上げるなどということは容認できないが、未遂のため、ジークハルトは不問にした。

「ブルーティーは嫌いかな？　そなたのために選んだのだが」

そう言われたガブリエラは、おそるおそるブルーティーを見下ろす。

両手をテーブルの下に置いたままの彼女は、ティーカップに触れない。ジークハルトに返事すらしなかった。

見かねたゲッペルトが強い口調で促す。

「ガブリエラ、飲みなさい。陛下からの贈り物だ。おまえは皇妃になれるのだぞ」

「……わかりました。お父様」

渋々ガブリエラはティーカップの取っ手に指をかける。

カップを持ち上げて、縁に唇をつけた。

その瞬間、ガチャンと床に破片が撒き散らされる。

ガブリエラがティーカップをわざと落としたのだ。

慌てたゲッペルトは娘を叱責する。

「なにをしているのだ、ガブリエラ！」

「やっぱり飲めないわ！　あのときは一滴だったから薄い青だったのよ。こんなに青いんじゃ本当に死んでしまうわ、皇妃みたいに！」

すっと、席を立ち上がったジークハルトは手を上げて合図を送る。

木陰から姿を現したウルリヒが、今の証言を羊皮紙に記録していた。

「どういうことだろうか。『あのときは一滴だったから薄い青だった』とは、ガブリエラは自らがお茶を飲んだとき、スピリン入りだと知っていたのか？」

さらさらと、会話のすべてをウルリヒが書き込んでいる。

記録が取られていることを知ったゲッペルトは顔色を変えた。

「陛下。娘は気が動転したのです。一度は殺されかけたのですから当然のことでしょう」

「そなたには聞いていない。私はガブリエラに、スピリン入りと知りながら飲んだのかと訊ねている」

ガブリエラはうろうろと視線をさまよわせた。

父親と皇帝の顔を交互に見て、口を開けたり閉じたりしている。俯いた彼女は小さく呟いた。

「今は……飲んでいませんわ……」

フッと笑ったジークハルトは、粉々になった破片とともにタイルに散った青い液体を指差した。

「このブルーティーに毒性のものは入っていない。そなたたちを試したのだ」

え、と驚いた顔をしたふたりの前に、お茶を提供した侍女が進み出る。

「わたしが染料を入れて鮮やかな青色にしたのよ。離宮にいるわたしに、ブルーティーを贈ってくれたでしょう？　あれと、そっくりの色になるようにね」

侍女は被っていたかつらを外した。

そこには死んだはずのアンネマリーが、艶然と微笑んでいた。

◆　◆　◆

侍女のふりをしていたアンネマリーを、憤怒の表情でゲッペルトは指差す。

「貴様は……なぜ生きている⁉」

本性を表したゲッペルトはもはや、皇妃に対する礼を失していた。彼にとってアンネマリーは亡き者となっていたはずなので、それが侍女の格好をして現れたのだから、信じられないのも無理はない。

お茶を提供したときからアンネマリーは彼らの傍にいて、ガブリエラと会話をしたというのに、意外と気づかれないものである。侍女のお仕着せを着ているから侍女であると、人は思い込むものだ。濃い青のブルーティーだから毒入りだと思うように。

アッシュローズの髪をかき上げたアンネマリーは悠々と答えた。

「あら。わたしの死体は確認したのかしら？」

無言になったゲッペルトは、ちらりとジークハルトをうかがう。

皇帝がどこまで知っているのか、確認したいのだろう。

実はアンネマリーは、皇帝からの贈り物とされたブルーティーを飲んでいない。

ガブリエラのように、床に撒いたのだ。

一度でも毒入りのブルーティーを飲んだことがあると、鮮やかな青色は毒の証だと恐れ、見分けられるようになるものである。

アンネマリーは未来を変えたいと思った。

だからブルーティーを飲まず、離宮を脱走したのである。皇帝の側近だと明かしていた衛兵に裏門から逃がしてもらい、彼に手紙を託した。離宮に残していたクラーラには、アンネマリーが毒を飲んで死亡したと偽ってもらう。

当然死体は発見されないので、ジークハルトにはすぐに事情を話すつもりでいた。

手紙を読んだ彼はウルリヒに命じて、密かに離宮近くの小屋にアンネマリーを匿っていた。そうしてこのお茶会で、ゲッペルトの陰謀を暴く作戦を決行したのだ。

罠に嵌(は)められたことに気づいたゲッペルトは声を荒らげる。

「アンネマリーは廃妃にするべきです！　陛下、どうかこの場で処分してください」

「私が勧めたブルーティーが毒入りかもしれないと恐れるガブリエラに、そなたは飲めと命じた。屋敷で飲ませたときも、今と同じように命令したのか？」

悲しげに双眸を細めるジークハルトの問いに、ゲッペルトは瞬きをした。

人の親として、娘に毒性の強い麻薬を飲ませて陰謀に利用するのはいかがなものかと彼は問いかけているのだ。

「屋敷でガブリエラが危険な薬物を飲んだとき、わたくしは宮廷で会議中でした。それは証人がおりますゆえ、間違いありません。父親のわたくしが娘に毒を飲めと命じるわけがないでしょう」

ゲッペルトは力強く断言した。

そんな父親を、ガブリエラはちらりと見たあと、唇を噛みしめる。

「そうか。では、私からの贈り物だというブルーティーが離宮に届けられたそうだが、これはどういうことだろうな？　私はそのようなものをアンネマリーに贈っていないのだが」

「わたくしは存じません。陛下でないとしたら、何者かが偽ったのでしょう」

「ほう。それは何者か、当事者に聞いてみようか」

ジークハルトは指を鳴らした。

すると、建物の陰からローレンツが現れる。彼はふたりの女性を連れていた。

「お待たせしました。このふたりを確保するのは骨が折れましたよ。皆様、見知った顔じゃありませんか？」

ふたりの女性はどちらもメイド服を着ており、縄で縛られている。

あっ、と声を上げたゲッペルトは、ひとりの女性を叱りつけた。

「エルマ！　おまえはこんなところでなにをしている！」

ゲッペルトの屋敷でメイドをしていたエルマは、泣きそうになりながら主人に懇願した。

「旦那様、助けてください！　あたしは罪にならないと、旦那様は言ったじゃありませんか！　お嬢様のお茶にスピリンを入れたのはクラーラという侍女の指示にしろと、旦那様のお言いつけどおりにしたんです。それなのに、この騎士はあたしが死刑になると言って……」

「黙れ！　おまえは入院ののちに田舎に帰るはずなのだ。なにも喋るな！」

興奮してエルマの話を遮るゲッペルトは、自白したも同然である。

ガブリエラのお茶にスピリンを混入したのは、ゲッペルトの指示なのだ。

さらにローレンツは、もうひとりの女性を前に差し出す。

俯いている彼女は、宮廷の下級侍女だ。離宮へ食事を届ける係だった侍女は、皇帝からの贈り物と言って、アンネマリーにブルーティーを持ってきた。

「さあ。陛下の御前で、すべてを白状するんだ。処刑されたくなかったらな」

「……ゲッペルト大臣に粉を渡されて、ブルーティーに混ぜたものを、離宮に持っていきました。陛下からの贈り物だと言えと、大臣は命令しました。スピリンとは知りませんでした。大臣からは少しの金しかもらえませんでした。それだけです」

懐柔していた侍女の証言に、ゲッペルトは身を震わせる。

エルマとは違い、宮廷の侍女には金を摑ませて指示を出しただけなので、彼女にはゲッペルトに対する恩義はないようだ。さっさと自白して罪を軽くしたいという意図が見透かせる。

ローレンツはジークハルトの命により、罪を暴く証人を確保したのだ。

もはや一連の事件はゲッペルトの犯行によるものと、明るみに出た。

ジークハルトはゲッペルトを静かに問い質す。

「私に言いたいことはあるか、ゲッペルト。今ならそなたの言い分を聞こう」

だが彼は認めようとせず、なおも抵抗する。

「嘘の証言だ！　わたくしを陥れようとする陰謀によるものだ。陛下、こんな下級の女どもと大臣であるわたくしのどちらを信じるのですか」

「そなたが首謀者であることは、複数人からの証言により判明している。娘にスピリンを飲ませて皇妃に罪を着せようとしたこと、審議で嘘の証言をさせたこと、そして私の名を騙って皇妃を毒殺しようとしたこと……もうひとつある」

手を上げたジークハルトの合図により、幾人もの衛兵が駆けつける。

彼らはゲッペルトを取り囲んだ。

蠅を払うように衛兵たちに手を振るゲッペルトに、ジークハルトは言葉を継ぐ。

「国内で麻薬組織が横行していることは知っているな？」

「……それが、わたくしになんの関係がありますか」

「警察官が頭痛薬とすり替えたスピリンの経路を調べさせたところ、麻薬組織からの調達であることが発覚した。すでにアジトと売人どもを押さえてある。それから、審議で証言した警察官も捕縛している。彼らの自供は得ている」

ゲッペルトは硬直した。

皇帝から、引導が渡される。

「麻薬組織の黒幕が、ゲッペルト大臣だとな」

衛兵はゲッペルトを捕縛した。

がっくりと項垂(うなだ)れた彼はもう、抵抗しなかった。

連行されていく父親をガブリエラはおろおろしながら見ている。

彼女の腕を掴もうとした衛兵を、アンネマリーは制した。

ガブリエラは父親と共謀したかもしれない。

だが、スピリン入りと知りながらお茶を飲んだ彼女は父親に逆らえなかったのではないか。

毒の味を知るアンネマリーは、ガブリエラを不憫に思った。

「父親にスピリン入りのブルーティーを飲めと命じられたとき、つらかったでしょう」

その言葉を聞いたガブリエラは目を見開くと、その場に泣き崩れた。

事件は解決した。

ガブリエラの懺悔が延々と語られるのを、アンネマリーは安堵と切なさを入り混じらせながら聞いた。

終章　永遠の誓い

事件の重要参考人として、ゲッペルトとガブリエラが捕らえられ、再度審議が開かれた。

その審議でゲッペルトの数々の罪が明らかになり、彼は大臣の任を解かれて投獄された。

ガブリエラは父親に逆らえなかったという事情を加味され、地方の屋敷に移り住み、二度と首都へ足を踏み入れることを禁じられた。

ゲッペルトが捕らえられたことにより、麻薬組織は完全に瓦解した。

アンネマリーの濡れ衣も晴らされた。

離宮での謹慎処分は解かれ、宮廷へ戻ることができた。クラーラは無事に牢から出されて、皇妃の侍女に復帰した。

ティーカップを差し出したクラーラが、ほっとした笑みを浮かべる。

「アンネマリー様の作戦のおかげです。一時はどうなることかと思いましたが、ご無事で本当によかったです」

苦笑いを零しながら、アンネマリーはティーカップを持つ。

芳しい紅茶の香りが鼻腔をくすぐる。もうブルーティーはこりごりだ。

「ジークハルトが協力してくれたおかげよ。離宮を脱走してから侍女に変装するまで、協力者がいなければ不可能だったもの」

アンネマリーは前世で毒殺されたからこそ、未来を変えたいと強く思った。

前世の記憶を持って転生していなければ、離宮で提供されたブルーティーをなんの疑いもなく飲んでいたのではないだろうか。

おそらく、前世でアンネマリーを毒殺した犯人は、ゲッペルトではないかと思う。

今世と同じように、ガブリエラを皇妃にするために〝親愛なる者〟と名を騙ってブルーティーを贈ったのではないか。

あくまでも推測だが、それは明らかにしなくてよいだろう。

もうアンネマリーは、悲しい末路から解放されたのだから。

クラーラは空になったティーポットを持つと、部屋を辞した。

向かいのソファに腰かけたジークハルトが、ティーカップを手にして苦笑を零す。

「それにしても、転生していたとはね。あなたには予言の能力があるのかとは思ったのだが、手紙を読んだときは驚いたよ」

ジークハルトには、離宮で綴った手紙ですべてを打ち明けた。

前世で毒殺され、転生しているので、前世での記憶があること。

毒殺を回避したいゆえに、離婚したかったこと。そして、今世でも毒殺されると予感したから離宮を脱走して、真犯人を捕まえると伝えた。

アンネマリーには無実を訴える必要などなかった。

夫を信じているからこそ、真犯人を捕まえるという目的に向かっていけたのだ。

ジークハルトがそれを信じて、今回の作戦を提案してくれたからこそ、アンネマリーの無実を明らかにすることができた。

その結果、毒殺されることもなくなった。

「どうしても言えなかったの。だって、転生しているから前世の記憶があるなんて言っても、信じられないでしょう？」

「確かに。今回の件が絡まなければ、聞いても呑み込めなかっただろうね」

「でも、打ち明けられてよかったわ。離宮を脱走したらもう命はないと思ったから、最後にあなたにすべてを知ってもらおうと決心できたの」

頷いたジークハルトは、音もなくティーカップをソーサーに置いた。

彼の柔らかなアンバーの瞳が、じっとアンネマリーに注がれる。

「つまり、私たちに離婚する理由はなくなったということだな？」

「ええ……そういうことね」

アンネマリーの憂慮は解決し、新たな未来へ踏み出すことができた。

それも夫であるジークハルトが傍にいて、ともに歩んでくれたおかげなのだ。

紅茶を飲み干してカップを置いたアンネマリーは、肩を竦める。

「もう二度と、ブルーティーは飲まないわ。だって幸運に頼ろうとしなくても、わたしには最愛の夫がいてくれるんですもの」

ふたりは微笑みを交わす。

夜のお茶会は終わるが、空のカップがこれから夫婦の営みが始まることを告げていた。

橙色に輝く蠟燭(ろうそく)の明かりが、ジークハルトの端正な顔に濃い陰影を形作っていた。

ゆっくりとした動作でソファから立ち上がった彼は、テーブルを回り込む。

恭しい仕草で大きなてのひらが差し出される。

「最愛の妻を、今夜はたっぷり愛してもよいだろうか」

「ふふ。いいわ」

彼の手に、そっと自らの手をのせる。

長い指がアンネマリーの手を搦め捕った。

愛する夫に囚われる感覚に、ぞくりと体の芯が甘く震える。

引き寄せられ、チュと頰にくちづけられる。

雄々しい唇は、どこまでも優しい。

情欲に濡れた双眸を向けられて、こくんとアンネマリーの喉が鳴る。

彼に抱かれたい——。

情欲に濡れた心が求めているのを、はっきりと感じた。

「あなたは永遠に私の妻だ。もう逃がさないよ」

情熱的な台詞とともに、熱いくちづけが降ってきた。

頤を掬い上げられて、濃密に唇を重ね合わせる。

チュ、チュと淡い音色が鳴ると、すぐにくちづけは深いものに変わっていった。

ジークハルトの雄々しい舌が唇の合わせをノックする。彼に応えて、アンネマリーは薄く唇を開いた。

ぬるりと獰猛な舌がもぐり込み、歯列を舐め上げてから、敏感な口蓋を突く。

アンネマリーの体は淫靡な刺激を受けて、びくんと弾んだ。

絶妙な舌技でアンネマリーの舌は瞬く間に搦め捕られ、敏感な粘膜が擦り合わされた。

「んん……ふ、ん……」

チュ、チュクと濡れた音が静寂に満ちた室内に響き渡る。

角度を変えて何度も互いの唇を貪り、濡れた舌を絡め合わせる。

敏感な粘膜を擦り合わせる快感が、ずくんと体の中心を疼かせた。

濃厚なキスに頭が痺れて、ぼうっとする。

じゅわりと愛蜜が溢れてくる感覚に、アンネマリーは内心で驚いた。

嘘……もう……？

深いくちづけだけで、体は淫らに濡れていく。

唇が離れると、互いの口端を銀糸がつないだ。

ジークハルトは真摯な双眸でアンネマリーを見つめる。

「好きだ。あなたは私を好きにならないと言ったことがあるが、今はどうかな」

「……今は、好きよ。ジークハルトを好きになってしまったの」

チュ、チュと小鳥のように啄んで、またしっとりとふたりは唇を重ね合わせた。

彼の唇が頬から耳朶へ移り、首筋を辿っていく。

「好きになったのは、いつから？」

「んっ……剣闘士大会から……ううん、初めからかしら」

剣闘士大会で勝利したジークハルトはとても格好良かったが、あのときから彼に恋心を抱いたのではなかった。アンネマリーは毒殺を回避したいゆえに離婚を望んでいたのだ。だから彼への恋心を封印していた。どうせ前世と同じように、ジークハルトとの結婚生活はうまくいかないだろうという諦めも大きかった。

だけど、彼はそれらを凌駕するほどの度量をもって、アンネマリーを愛してくれた。

自分の心に問いかけてみると、ジークハルトに恋したのは、皇妃にと望まれたときからなのだ。様々な障害があったので、素直に恋心を育てられなかったけれど。

ジークハルトはそのまま首筋から鎖骨にかけて唇を落としていった。

「初めからだったのか。実は、知っていたけどね」

「えっ……？」

「あなたの瞳が、私への好意を語っていた。だから離婚を提案されたときは、私を嫌いなのではなく、なにか事情があると思ったのだ。さすがに毒殺を避けたいという理由だったとは、予想がつかなかったが」

「そう……。わたしの気持ちはとっくに知られていたのね」

自分の気持ちを抑えようとしていたのだけれど、ジークハルトにはお見通しだったらしい。

そういえば彼はいつだって、優しい眼差しでアンネマリーを見つめていてくれた。彼の視界の中心には、常にアンネマリーがいたのだ。

「愛する人をいつでも見ているからね。あなたは私の女神だ」

愛しげにそう言った彼は大きな両手で、ふわりと膨らみを包み込む。

ジークハルトの手の中に、乳房はちょうどよく収まった。

雄々しいてのひらに包まれているという、それだけで胸が熱くなる。

ジークハルトはゆるゆると、乳房を揉み込むように円を描いた。

「あ……そんなこと、されたら……」

また下肢から、じゅわりと蜜が滴る感じがする。

ネグリジェの上からさわられているだけで、まだベッドにも行っていないのに、ここでこんなに感じてしまったら、どうなってしまうのだろう。

微笑んだジークハルトは、胸から胴へと手を滑らせる。

「このままここで抱いてしまいそうだな。一緒にバスルームへ行こうか」

「え……一緒に入るの？」

「そうだよ。愛する妻の体を洗うのも、夫の大切な役目だ」

皇帝であるジークハルトにそんなことをさせるなんてと思うものの、彼は今はアンネマリーの夫なのだった。

そっと背を促されて、隣のバスルームに入る。

彼はアンネマリーのネグリジェを優しい手つきで脱がせる。

ショーツを引き下ろされると、つう……と透明な糸が垂れる。

かぁっと頬を染めたアンネマリーは狼狽(ろうばい)した。

「あっ、見ないで……恥ずかしい！」

それなのにジークハルトは、まるで貴重なものを見たかのように、じっくりと見入っている。

「すごいな。キスだけでそんなに感じた？」

うろうろと視線をさまよわせたアンネマリーは、顔を真っ赤にしながら頷いた。

「か……感じたわ……」

「それだけ私のキスがよかったということだろう？　すごく嬉しいよ」

頬を緩めたジークハルトは自らも潔くローブを脱ぎ捨て、全裸になる。

ぎゅっと抱きしめられて、ジークハルトの強靱な肉体を意識する。

硬い筋肉に覆われた鎧のような体は、名匠が造形したごとく神々しい。

「あなたをこうして抱きしめられることが、奇跡のように感じるよ」

「わたしも……ジークハルトとずっと夫婦でいられるなんて、幸せだわ」

抱擁を解いたふたりは顔を見合わせる。惹かれ合うように、またキスを交わした。

「私たちは永遠に夫婦だ。愛しているよ」

「愛しているわ……ジークハルト」

彼と交わす言葉のひとつひとつが、アンネマリーの胸をほろりと優しくほどいた。

清潔なバスルームは壁も床も、全面が煌めくスノーホワイトに包まれていた。さらに猫足のバスタブは温かな湯で満たされている。

ジークハルトは桶で湯を掬うと、アンネマリーを浴室の椅子に座らせた。

海綿を手にした彼は、ルビー色のジェルをとろりと垂らす。それを泡立てると、バスルームには芳醇な花の香りが広がった。

「さあ。体を洗ってあげるから、じっとしていて」

「わかったわ」

首筋から肩、腕、そして胸元へと、柔らかい海綿が辿っていく。泡がふわふわしていて、ちょっとくすぐったいけれど気持ちいい。

恍惚としていたアンネマリーだが、ちょんと胸の突起に海綿が触れて、ぴくんと体が跳ねる。

「あっ……ん」

思わず濡れた声が漏れてしまった。

それに気をよくしたのか、ジークハルトは立て続けに乳首を弄る。

ちょんちょんと弄られた刺激で、瞬く間に乳首は硬く勃ち上がった。

「あん、もう」

ジークハルトの淫らな悪戯に笑みが零れる。

彼は背中に海綿を滑らせながら、今度は指で胸の尖りに触れた。

指先で摘まれ、こりこりと捏ねられて、淫靡な快感が湧き上がる。

「あぁ……んん……そんなに、したら……」

「また、たくさん漏れてしまうかな？」

きゅ、と乳首を抓(つね)ったジークハルトの指先は、臍(へそ)から下生えを辿っていく。そうして秘所に辿り着くと、どきどきと高鳴る胸が期待に満ちた。

花襞をかき分けて、ぬるつく蜜口を擦り上げる。

ずぶ濡れの壺口は、つぷりと男の指を呑み込んだ。

「すごいな。こんなに濡れてるなんて」

「あ……やだ……」

「すごく可愛いよ。ここも軽く洗っておこうか」

ジークハルトは指先を前後させて、ぬるぬると花襞をなぞり上げる。

海綿を下肢に持ってくると、優しく秘所を撫でるように洗う。そのまま太股に滑らせて脚を擦られ、アンネマリーの全身が泡まみれになる。

ジークハルトが桶に手をかけそうになったので、慌てて引き止めた。

「あっ、待って。わたしもジークハルトの体を洗ってあげる」

してもらった分を、同じようにジークハルトに返したかった。

愛情が湧き上がると、相手に喜んでもらいたいという想いも満ちるのだ。

「そうかい？　私のほうは簡単に擦るだけでいいよ。……早くあなたの中に入りたいから」

煽るようなことを囁かれ、アンネマリーの頬が朱に染まる。

海綿を受け取ったアンネマリーは、丁寧にジークハルトの体を擦っていく。強靱な肉体はどこもかしこも硬くて、まるで鋼のようだ。柔らかい自分の体とはまったく違う。
それに、中心も……。
ちらりと目線を下げたアンネマリーは、こくんと唾を飲み込む。
ジークハルトの雄芯は、すでに天を衝いていた。
これまでの行為で、彼も興奮してくれているのだ。
極太の楔を愛でたくなり、アンネマリーは海綿を硬い腹筋に滑らせながら、床に跪く。
ぬるりと裏筋を舌で舐め上げると、雄の味がした。
ジークハルトは淡い吐息をつく。
「ああ……いいのかい?」
「ん……気持ちよくなってもらいたいから」
ねっとりと裏筋を辿り、括れを舐め上げる。
弾力のある先端を口腔に含み、唇を窄(すぼ)めて、チュプチュプとしゃぶった。
頭上から深い吐息が聞こえる。ジークハルトは気持ちよくなってくれている。
「上手だよ……」
掠れた声で呟いたジークハルトは、アッシュローズの髪を優しく撫でた。
褒められて嬉しくなり、さらに雄芯を、ぐっと喉奥まで呑み込む。
大きすぎてすべては呑み込み切れないので、根元を両手で擦り上げた。

「うっ……無理しなくていい」

ジークハルトに気持ちよくなってほしい。その一心で、アンネマリーは唇と舌を駆使し、ジュプジュプと淫靡な音を立てて幹を扱き上げた。頬裏の粘膜が弾力のある幹で擦られ、喉奥が先端で突かれる。その刺激にアンネマリーも感じることができ、体が熱を帯びていく。

「んっ、んっ……んく……」

夢中で口淫していると、やめられなくなってしまう。

やがてジークハルトの息が切迫したものに変わった。

「う、アンネマリー……もう、離すんだ……」

ここでやめたくない。最後まで、楔をしゃぶりたい。

アンネマリーは懸命に肉棒に舌を絡ませて、口淫を続けた。

だがジークハルトに肩を押されて、唇から雄芯が抜けてしまう。

その瞬間、先端から勢いよく飛沫が上がった。

アンネマリーの顔から顎にかけて、濃厚な白濁が、とろりと伝い落ちていく。

「あ……飲めなかった……」

最後までしたかったのに。

焦ったようにジークハルトは湯を掬い上げ、アンネマリーの顔についた白濁を洗い流す。

「すまない！　タイミングを誤った」

彼は何度もてのひらでアンネマリーの頬を撫で、残滓を洗い流した。

まるで汚いもののように扱うが、ジークハルトだってアンネマリーの愛液を飲んでくれるのだから、気にしなくていいのにと思う。

「気にしないで。わたしはあなたのすべてを飲みたいの」

「いや、それは……私は精を飲ませたいという男ではないんだ。あなたがどうしてもしたいと言うならいいけど、また今度にしてほしい」

「わかったわ。ジークハルトだってわたしのを飲んでくれるから、それを返したいと思ったの」

ジークハルトは桶の湯を丁寧にアンネマリーの体にかけて、泡を洗い流す。それから彼は自分の体も素早く洗い流した。

「あなたのそういうところ、好きだよ。どうしたいかふたりで相談しながら、夫婦の営みを行っていこう」

「ええ。そうしましょう」

ふたりで相談することを提案してくれるジークハルトに信頼感が湧いた。ふたりは夫婦なのだから、なんでも話し合って解決できるのだ。そんな当たり前のことが、たまらなく嬉しい。

体を洗い終えると、ふたりはバスルームを出る。

ジークハルトはバスタオルを手にすると、それを広げてアンネマリーの肩にふわりとかける。

ところが悪戯な手は後ろから回り込んで、胸をさわってくる。

「あっ、もう、ジークハルトったら」

焦ったアンネマリーだが、声は弾んでいた。

ジークハルトはバスタオルで拭くふりをして、乳房をたぷんたぷんと揺する。

「私の女神に、いつでもさわりたいんだ。嫌ならやめるよ？」

「……嫌じゃないから困るわ」

ふたりは微笑みを交わしながら、チュとくちづけをする。夫とこうして戯れるのは心が躍る。

アンネマリーの体を丁寧に拭いたジークハルトは、バスタオルに包むと、横抱きにした。

ふわりと抱き上げられ、慌てて逞しい首にしがみつく。

寝室の広いベッドに、ゆっくりと下ろされる。

蠟燭の明かりが淡い光を零している室内は、純白のシーツが薄闇の中に浮かび上がっていた。

すぐにジークハルトが覆い被さってきた。強靱な肉体で、アンネマリーの体はすっぽりと覆われる。

まるで彼の檻に閉じ込められているかのような感覚がして、アンネマリーはどきりと胸を弾ませた。

彼はまだしっとりと濡れた唇に、チュと軽く接吻する。

上唇と下唇を丁寧に吸い上げたジークハルトは、大きな手で乳房を包み込む。

やわやわと揉み込まれて、甘い快感に陶然とした吐息が零れた。

「ふ……あぁ……」

ジークハルトは乳房を揉みながら、紅い突起に唇を寄せた。

口腔に含むと、チュウッ……と吸い上げる。

甘い刺激を受けた乳首は瞬く間にきつく勃ち上がった。

それを肉厚の舌で、ぬるぬると舐め上げる。

ねっとりと舐られたかと思うと、ジュウッと吸い上げられ、また宥めるように舌に包み込まれた。

もう片方の突起も指先で、こりこりと捏ね回される。

甘い疼きがあとからあとから湧き上がり、唇からは濡れた喘ぎばかりが零れ落ちる。

「あぁ……ん、はぁ……あ、あん……」

チュッとリップ音を立てて吸い上げられた尖りは、ぬらぬらと淫靡に光り輝いた。

ジークハルトは左胸の突起も同じように愛撫し、執拗に舌と唇で舐め上げた。

彼に胸を愛でられるたびに、こらえ切れない疼きが腰の奥に溜まっていく。

もじもじと膝を擦り合わせると、胴を撫で下ろしたジークハルトの手が太股に辿り着いた。

ゆっくりと膝頭を開かれる。まるで、標本の蝶のように。

「あ……そんなに大きく開くなんて……」

ジークハルトは情欲を色濃く浮かべた双眸で、じっと秘部を見つめている。

「すごく綺麗だよ。アンネマリーの秘所はまるで永久に蜜が枯れない花園のようだ」

彼は恥ずかしくなることを、あえて言って煽っている気がする。

いっそう羞恥を覚えたアンネマリーは、脚を閉じたくなる。

けれど、ジークハルトの剛健な体が脚の間に割り入っているので叶わない。

アンネマリーの足首を持ち上げたジークハルトは、くるぶしにキスをして、頑健な肩に担いだ。もう片方の脚は膝裏を持ち上げて、内股を甘噛みする。

「……んっ」

柔らかいところなので、ほんの少し痛みが走った。

でもなぜか、きゅんと腰が疼いてしまう。

彼は癒やすように、噛んだところに、べろりと舌を這わせる。

「痛いかな？」

「ん……ううん……」

頬を熱くしたアンネマリーは曖昧に返事をして、ジークハルトに目を向ける。

彼に、もっと甘噛みしてほしい。太股を噛まれると、ぞくりとした悦楽が湧き上がってくるので、癖になりそう。

「もしかして、もっとしてほしい？」

唇に弧を描いた彼は、さらに内股を甘噛みして、歯形をつけた。しかもキスもして、紅い痕までつけてしまう。

チュ、チュと淫猥な音色が寝室にこもる。

やがて内股には紅いしるしがいっぱいに散らされた。

彼の独占欲が表されたようで、胸が熱くなる。

秘所に辿り着いた淫靡な舌は、ぬるぬると花襞を舐め上げる。

それから蜜口に、ぬくっと舌が挿し入れられた。

温かくてねっとりした舌の感触が心地よくて、アンネマリーは淡い吐息をつく。

「あぁ……はぁ……ん」

ぬくぬくと、雄芯をそうするように舌を出し挿れされる。

すると奥から、じわりと愛蜜が滲み出てきて、舌を濡らした。

溢れた蜜を、ずちゅると淫猥な音を立ててジークハルトは啜る。

「ひぁ……ん、啜らないで……」

「そのお願いは聞けないな。アンネマリーだって、私のを飲みたいと言ってくれただろう？」

「あ、そうだけど……」

「私もあなたを愛しているから、体液を啜りたい。だからもっと蜜を垂らして」

そう囁いたジークハルトは、ぐるりと敏感な壺口を舌で舐め回す。それからまた尖らせた舌を蜜口にねじ入れた。

甘い悦楽が蜜道に広がる。

けれど、空虚な蜜洞の奥が疼いて仕方ない。舌では奥まで届かないため、未だ空洞の蜜道は、きゅうんと切なく戦慄いた。

「あぅ……あぁん……んぁ……」

気持ちがいいのに切なくて、もどかしくて、アンネマリーは無意識に腰を捻らせる。

そうするほどに蜜液はとろとろと溢れ、雄々しい舌を湿らせていく。

「そろそろいいかな」

ようやくジークハルトが顔を上げたので、アンネマリーは胸を撫で下ろした。

けれど彼は、今度はアンネマリーの恥丘に顔を近づける。そこはとても感じるものがあるというのに。

「あ……はぁっ……ん」

見せつけるように肉厚の舌を出したジークハルトは、小さな愛芽を舐め上げる。

しかも彼は指先で器用に包皮を捲り、花芯を剝き出しにした。

「ここが感じるだろう？」

妖艶に言い放ったジークハルトは口腔に肉芽を含んだ。

彼の温かな口の中で、熱い舌にぬるぬると淫核が舐られる。

とてつもない快感が込み上げて、今にも溜め込んだ悦楽が破裂しそうになった。

「あぁあ……はぁ……あぅん……やぁ……あぁん……」

小刻みに腿が震えて、背をしならせる。

与えられる猛烈な快感をこらえていると、ぐちゅっと蜜口に指が二本挿入された。

「あっ、あっ、だめ、あぁ……っ」

達しそうなのに、蜜道を塞がれてはたまらない。

男の指は舌よりも強靭で、濡れた蜜洞をぬちっと満たした。

愛芽は口腔内でねっとりと舐めしゃぶられ、花筒は二本の指で塞がれている。

グチュグチュと指を出し挿れされて、愛蜜が撒き散らされる。

濃厚な淫戯により、瞬く間に凄絶な悦楽に呑み込まれていく。

「あぁっ、い、いく……あっ、あ、はぁあ、あ――……っ……」

体をまっすぐに甘い芯が駆け抜ける。

その瞬間、ジークハルトは呑み込ませた指を、くいと折り曲げて、感じるところを擦り上げた。

極上の快感に達したアンネマリーの瞼の裏が、真っ白に染め上げられる。

爪先まで甘く痺れているのに、腰はがくがくと激しく動いた。まるで自分の体ではないみたいに、腰の揺れが止まらない。

「あぁ……あぅ……あ、ぁ……」

ジークハルトはまだ、ぬるぬると愛芽を舐っている。甘すぎる後戯が、まったりとした快感の尾を引いた。

彼が蜜口からゆっくり指を引き抜くと、どぷりと濃密な淫液が溢れる。

「可愛いよ。気持ちよく達したね」

ようやく顔を上げたジークハルトは、淫猥な仕草で自らの唇を舌で舐める。

体に力の入らないアンネマリーは、ぼんやりして彼の艶めいた表情を見ていた。

「あ……もう、挿れて……奥が、切ないの……」

達したものの、舌でも指でも届かない奥のほうが、切ない疼きでじんじんとしている。

このもどかしさは、ジークハルトの極太の肉棒で擦ってくれないと収まらないのだと、体が知っていた。

ごくりと唾を飲み込んだジークハルトは、アンネマリーの両脚を抱え直す。

「上手におねだりできたね。じゃあ、挿れるよ」

ぐちゅっ、と先端が濡れた壺口に押し当てられる。

柔らかく綻んでいる蜜口は、ぱくりと口を開けて硬い切っ先を呑み込んだ。

「あっ……あ……」

押し入ってくるこの感触が、胸に期待をもたらす。

太い雁首を含まされた蜜道が、甘く軋んだ。

けれど濡れた媚肉は蠕動(ぜんどう)して、雄芯を奥へ奥へと導いていく。

ずぶずぶと極太の幹が、隘路をかき分けて挿入されていった。

空虚だった花筒が満たされていく感覚に、アンネマリーは恍惚に浸る。

やがて、とんと最奥を突かれる。

「全部、入ったよ。私のを上手に呑み込んでる」

「あ……ぁ……わたしの中にジークハルトが、すべて入っているのね……」

ずっぷりと雄芯を呑み込んだ胎内が、満たされた喜びに、きゅうと引きしまった。

体を倒したジークハルトは、アンネマリーの体をぎゅっと抱きしめる。

彼の熱い体温がたまらなく心地いい。安心できる夫の腕の中で、至上の幸福に包まれた。

腕を伸ばしてジークハルトの背を抱きしめ返す。

つながっている多幸感を胸に抱いて、互いの存在を嚙みしめる。

チュ、とくちづけを交わしたふたりは微笑み合った。

「そろそろ馴染んできたかな。動いてもいいか？」

「ん……動いて……いっぱい……」

濡れた媚肉は、やわやわと極太の雄芯を包み込んでいる。

ジークハルトが腰を引くと、ずるりと抜けていく楔に縋りつくように媚肉がまとわりついた。

その快感に、アンネマリーの唇から嬌声が漏れる。

「あぁっ……はぁ……」

ぎりぎりまで引き抜いた男根の先端を蜜口に引っかけると、ヌプヌプと卑猥な音を立てて壺口を弄る。

そうして獰猛な雁首でたっぷり蜜口を舐め上げると、ずぶりと剛直が突き入れられ、ずぶ濡れの胎内を犯す。

「あぁん、あぁ……っ」

みっちりと胎内に楔が埋め込まれると、ズチュズチュと出し挿れされた熱杭が媚肉を擦り上げる。

凄絶な快楽を、アンネマリーは淫らに腰を揺らしながら受け止める。

「あぁ……っ、はぁ……ん……」

逞しい腰を押し進められて、ずくずくと肉棒が抽挿された。

猛った先端が最奥の感じるところを穿ち、捏ね回す。

甘美な痺れが全身に走り、甘い官能に脳髄が蕩けた。

「表情も体の中も、とろとろに蕩けてきたね。これからが一番気持ちのいい頃合いだよ」

がつがつと腰を使い、ジークハルトは激しい律動を送り込む。

グッチュグチュと濡れた音色が撒き散らされる。

肉槍が花壺を犯す、爛れた音だ。

鼓膜まで欲情の滾りを吹き込まれて、アンネマリーは愛欲の沼に沈められる。

「あん、あぅ、はぁ、あっ、あっ、あ、いく……っ」

激しい抽挿に息もできない。

胸を喘がせながら、必死に強靱な肩に縋りつく。

パンパンと腰を打ちつける音が響くたびに、絶頂めがけて肉欲が駆け上がっていく。

ジークハルトは掠れた声で囁いた。

「いっていいよ。一緒に、いこう」

壮絶な悦楽の渦に呑み込まれたアンネマリーは、がくがくと頷く。

「ん、んっ……いく……」

ぐっと先端が子宮口を抉る。

腰を蠢かせたジークハルトは、感じる奥の口に何度もキスをする。

そこに接吻されると、意識が飛びそうなほどの官能が突き抜けた。

「はぁっ、あぁ、あっ、あん、あぁ——……っ……」

背をしならせたアンネマリーの爪先が、ぴんと伸びる。

その刹那、体の中心に溜め込んだ熱の塊が破裂する。

純白の煉獄に囚われながら、魂がふわりと浮いた。

「……っく」

どちゅどちゅと腰を突き上げたジークハルトは、低い呻き声を上げる。

爆ぜた雄芯の先端から濃厚な白濁が迸り、子宮に注ぎ込まれた。

しっとりと最奥を濡らされ、恍惚に浸る。

彼との未来があることを心身ともに感じたアンネマリーは、ぎゅっと強靱な背に抱きついた。

しばらく抱き合っていたふたりは、息を整える。淫らな褥(しとね)に、甘い呼気が絡まっていた。

達した余韻に浸るこの時間に、体の気怠さとともに心が充実するのを感じた。

ややあって顔を上げたジークハルトが、アンネマリーの乱れた前髪をかき分ける。

星の煌めきが朝陽に消えるまで、ふたりは何度もつながり、睦言を囁き合っていた。


「好きだよ」

「……わたしも。好き」

愛を確かめ合ったふたりは、情熱的なくちづけを交わす。


事件が解決してから三か月が経過し、エーデル帝国には平穏な時が流れていた。

だが皇妃の部屋に医師が駆けつけたことにより、宮廷内に騒ぎが広がる。

硬い表情で部屋に入ったジークハルトは、ベッドに横たわるアンネマリーに目を向けた。

彼女は目を閉じていた。白い顔はまるで死人のようにも見える。

「アンネマリー……」

妻の名を呼んだジークハルトは、彼女の頬にそっと手を添えた。

傍にいた医師が頭を垂れて報告する。

「おめでとうございます、陛下。皇妃殿下はご懐妊でございます」

「なんと……！」

驚喜の顔を見せるジークハルトに、目を開けたアンネマリーは微笑みかけた。

「体調が優れないと思ったら、身ごもっていたの。妊娠三か月ですって」

「そうか。素晴らしい吉事だ。体を大切にするのだぞ」

ジークハルトは愛する妻の手をしっかりと握る。

皇妃アンネマリーは、ジークハルト二世の子を身ごもった。生まれてくる子どもは、エーデル帝国の嫡子となる。

皇妃の懐妊が帝国全土に発表されると、臣民は喜びに沸いた。

悲惨な前世とは比べものにならない幸福を手に入れたアンネマリーは生涯、夫の傍に寄り添うことを胸に誓った。

輝かしい未来は、これからふたりで作っていけるのだから――。

END

あとがき

こんにちは、沖田弥子（おきたやこ）です。

ヴァニラ文庫では初めましてになります。

このたびは、『離婚したい死に戻り皇妃ですが、陛下が溺愛して離してくれません！』をお手に取ってくださり、ありがとうございます。

本作品は転生と溺愛をテーマに書きました。

人生をやり直そうとしたものの真実を告げられず、ジークハルトに溺愛されて困ってしまうアンネマリーという、ふたりの不器用なラブを楽しんでいただけたら幸いです。

また、私はローレンツのような癖のある男がとても好きなので、今後も癖の強いキャラクターを活かしていこうと思う所存です。

最後になりましたが、本作品の書籍化にあたりお世話になった方々に深く感謝を申し上げます。

麗しいイラストを描いてくださった木ノ下(きのした)きの先生、ありがとうございました。そして読者様に心よりの感謝を捧げます。

願わくば、皆様に幸せが訪れますように。

沖田弥子

ヴァニラ文庫では乙女のための官能ロマンス小説を募集しております。
優秀な作品は当社より文庫として刊行いたします。
また、将来性のある方には編集者が担当につき、個別に指導いたします。

◆募集作品

男女の性描写のあるオリジナルロマンス小説（二次創作は不可）。
商業未発表であれば、同人誌・Web 上で発表済みの作品でも応募可能です。

◆応募資格

年齢性別プロアマ問いません。

◆応募要項

・パソコンもしくはワープロ機器を使用した原稿に限ります。
・原稿は A4 判の用紙を横にして、縦書きで 40 字 ×34 行で 110 枚 ~130 枚。
・用紙の 1 枚目に以下の項目を記入してください。
　①作品名（ふりがな）/②作家名（ふりがな）/③本名（ふりがな）/
　④年齢職業 /⑤連絡先（郵便番号・住所・電話番号）/⑥メールアドレス /
　⑦略歴（他紙応募歴等）/⑧サイト URL（なければ省略）
・用紙の 2 枚目に 800 字程度のあらすじを付けてください。
・プリントアウトした作品原稿には必ず通し番号を入れ、右上をクリップなどで綴じてください。

注意事項

・お送りいただいた原稿は返却いたしません。あらかじめご了承ください。
・応募方法は必ず印刷されたものをお送りください。CD-R などのデータのみの応募はお断りいたします。
・採用された方のみ担当者よりご連絡いたします。選考経過・審査結果についてのお問い合わせには応じられませんのでご了承ください。

◆応募先

〒100-0004　東京都千代田区大手町 1-5-1　大手町ファーストスクエアイーストタワー
株式会社ハーパーコリンズ・ジャパン　「ヴァニラ文庫作品募集」係

離婚したい死に戻り皇妃ですが、陛下が溺愛して離してくれません！

Vanilla文庫

2024年5月5日　第1刷発行　定価はカバーに表示してあります

著　者　沖田弥子　©YAKO OKITA 2024
装　画　木ノ下きの
発行人　鈴木幸辰
発行所　株式会社ハーパーコリンズ・ジャパン
東京都千代田区大手町1-5-1
電話　04-2951-2000（営業）
0570-008091（読者サービス係）
印刷・製本　中央精版印刷株式会社

Printed in Japan ©K.K. HarperCollins Japan 2024 ISBN978-4-596-82378-6